見たこともない青空だ
涙は蒸発し、
雲に成り、
我々を溶かす酸性雨と成る
りから終わりまで
貫している

現代詩文庫 206

思潮社

三角みづ紀詩集・目次

詩集〈オウバアキル〉全篇

連作〈終焉〉から

エッセイ

作品論・詩人論

装幀・菊地信義

詩篇

side A

私を底辺として。

私を底辺として。
幾人ものおんなが通過していく
たまに立ち止まることもある
輪郭が歪んでいく、
私は腐敗していく。
きれいな空だ
見たこともない青空だ
涙は蒸発し、
雲に成り、
我々を溶かす酸性雨と成る
はじまりから終わりまで
首尾一貫している

私は腐敗していく。
どろどろになる
悪臭漂い
君の堆肥となる
君は私を底辺として。
育っていく
そっと太陽に手を伸ばす
腕、崩れる

快晴の過程で

左手の甲に
じんましんが
たくさんのじんましんができました
それはあちこちに散らばり
乳房にまで
あらわれ
私は

いっしょういきているんだかいないんだかわからないいま
　まなのかとおもうと
むしょうにかなしくなり
空を見上げたら
堂々たる雲
先生、私ひなたぼっこができるようになりました
快晴の過程で
とおくのきみのことをかんがえる。
きみの笑顔が
空を埋めつくし
きみの声が
耳を塞ぐ
大好きなものには
あまりのめりこんではいけないと
お母さんに云われました
それでも
今日の天気の良さに
溶けこむと
とてもきみにあいたくなり
じんましんを
きみのせいにしてしまうのだ。

低空

昼休みに
給食をぜんぶたべたら
好きなこととして
いいから
わたしは
石を積もう
きょうの
給食の牛乳には
ケシゴムが入っていて
わたしの
花壇は
荒らされていて
窓の外では

誰かの笑い声
教室では
誰も見ない
誰も聞かない
わたし
しんでしまった
カーテンの
裏側には
鬼
がすんでいて
わたしの
積む石を
壊してしまう
（せんせいあのこの
となりにすわるの
はいやですばいき
んがうつるんです）
てのひら
しろい

回転して
低くうなる
ひたいが熱くなる
静かに流れでた
赤
わたし
息をしている
昼休みに
給食をぜんぶたべたら
好きなことして
いいから
わたしは
石を積もう
ぜんぶ積みあげたら
こっそり抜け出て
新しく産まれたら
わたしは
わたしを
かわいがってやる

給食の牛乳には
ケシゴムが入っていて
わたしの
花壇は
荒らされていて
低くうなる
目の高さで舞う
鬼が
笑った

新世界

日常と
非日常の間で
声を
殺した

交差せぬ体温

の中の唯一の感触

眠れる森の
眠れる者同士の
些細な
出会い

あなたは
何者ですか

暴力とて思い出し笑いに変えて仕舞う
時の流れを讃える
常

私が貼りつけた
私と云うレッテルは
たちまち
私を保護する

骨の
記憶

校庭の片隅の
逆上がりの
途中で
世界を見る
幼子

回転できずに置き去りの放課後

肉体的な痛みを回避するには
あまりにも日は落ちすぎて

彼等が
亡骸
のみ
私を全肯定しうる

（これはあくまで新しい恋のうたである）

冬の日の現実は
私を救急車へと詰め込んで

降り頻る
赤いサイレン

瞬間
私の産声があなたには聞こえましたか

その時世界は私に還ってくる
すきまをぬって
偶然を装い
ながら

ソナタ

五時になったので
皆さんおうちに帰りましょう
お母さんお父さんの
保護が音楽を流させるので
私には
帰るべき場所がないのであって
冷蔵庫の
魚は腐りかけてしまっているのであって
夜には
電気をつけたままでなければ
眠れないのであって
五時特有の
おんがくが耳につくので
みえないところをきずつける
流れでたものをうけとめる
五時には
いつもの新聞屋の彼が
チャイムを二度押して
やあきょうもきれいですね
くたびれたスーツにくたびれた笑顔
私は
にんげんがすきなのだよ
お前のみえないところから
血を流しているのだよ
帰れといわれても
帰る場所がないのだから
帰らなくていい公式を持っているし
にんげんがすきだから
失望したくはないし
音たててドアを閉める
やがて新聞屋が
立ち去ったら
布団の中でまた
みえないところをきずつけようか
私は
にんげんがすきなのだよ

だから
帰る場所がないのだよ
五時の
長いおんがくが
とぎれたら
私は私を処理しよう
うまくまるめよう
揺れる星の上で微動だにできず
ひどく
何処かに
帰りたくはなっているのだ

冬のすみか

吐息が白く染まると
死人にでもなったような気がして
ひどく
ふゆかいになる

苛立ちの手で
凍える顔を隠すよう
（化粧）をした
急ぎ足のリズムで
青い鳥が失墜してしまう
冬の
つぶて
私が欲しいのは
ストーヴでもこたつでもなくって
誰でもない誰かの
温度
駅の北口のロータリイの
（ひとびとの）意識が交錯する中
飾りたてた
私を拾ってもらう

熱と熱は
液体になり
息の根を

止めるように
喉の奥に流れ込み
走馬灯のように
フィルムはスライドし

救急車には何度も乗った
泣きじゃくる私の
手をとってくれた見知らぬ
彼の
（それが社会の義務だったとて）
ぬくもりを
まだ求めているのかもしれない

天井は
どこにいても同じ
白々しくて
冷めて
監視している
壁を隔てた恋人達

お元気ですか
冷蔵庫のビールは
いつまで冷やされ続けるのだろう
テレビに映る難民は
いつまでさまよい続けるのだろうか

カッターを握りしめ自室にたてこもった
ことがある
自分と他人を
混同
することをやめた
毛布にくるまったまま朝を迎えた
白く細い小学生の手首は
きれいなままだった

私はあの頃から変わっていない
きっと変わっていない
爪のあいだには
泥がつまっている

左手首はもう
傷だらけだけど

誰でもない誰かの
寝息をかぎながら
私は
唯一保護してくれるところの
下着を身につける
テレビに映る難民の明日と
私の明日は
一生交差しないところにあって
その先を
覆うものは何だろう。
外は夜
吐息は白く染まり
死人にでもなった気がして
ひどくふゆかいになり
空気をぬった猫の足どりで
また

駅の北口のロータリイに飛び込み
誰でもない誰かのすきまに
身を置くのだ。

ケモノ道

手足の長い餓鬼が一匹、サツバツとした
部屋の隅からこちらを見ている
私は右手を喉の奥までつっ込むが
ビスケットや
チョコレイトや
生々シイキオクといった内容物を
嘔吐できずにいて
バスルウムに一人
直に横たわっている
連綿とした嗚咽は
できそこないのドアーのすき間から漏れて
鉄砲玉のように二〇五号室を飛び出していく

けれどガソリンスタンドの手前の
あの交差点の真ん中あたりで
車にひかれてスプラッタ（サヨウナラ）
握りしめた唾液まみれのタオルをめくれば
（この瞬間この場所でしか見れない事実）
ヒトビトがかろうじて人の形
を保っていること
と
私
がジャムの瓶の中身を全てすり替えてしまって
いること
それらは確かに薄っぺらなタオルの下にて
密集して、いるのだ
（私は号泣する）
手足の長い餓鬼がまた一匹、カンサン
とした部屋の隅からこちらを見ている
（こんな日に限って誰かがめったに鳴らない古いケータ
　イを鳴らしたりして私は余計号泣する）
いつもの二倍悲しい夜は

いつもの二倍薬を飲んで眠ろう
バスルウムからベッドまで
（それはまるでけもの道）
私、という跡を垂れ流して這っていく
そしたらきっかり六時間後には
朝が何くわぬ顔でそこに居て
私も何くわぬ顔で
台所の流しに溜まっている食器を
洗いはじめるだろう
餓鬼が一匹、また一匹と
けもの道を明確にしていくが
私はただ単純に
洗剤の買い置きがあって助かったなあなんて
思いながら
緑のスポンジを滑らせていく

八月十五日

投じられた知らせ
酒と安定剤での彼女の自殺
私は
無感動
明け方に人として産まれたことに泣く
七夕飾りが風に揺れ
教会にて舞う白布
舞う白布と漂う聖歌
そういえば黙祷の鐘は鳴らなかった
カメラのレンズは壊れたままだった
薬が効くまでの私には
お願いだから誰も話しかけないで
(加われなかった着物の参列を想うそしてそれを浮腫の
　所為にする)
それだのに私は未だ
焼け跡で子供達にまじり
ばらまかれるチョコレイトを欲しているのだ

パレードのあと

思いっきり
殴ってくれればよかった
そんなに
優しくしないで下さい
全部捨てることなんて
できやしない
アルコールは薬と混じり
喉を後ろめたく通過する
ひとりきりになる選択だって
あった筈だ
全部一緒に成ることなんて
できやしない
胃の中では

あれとそれがたくさんの
歓声を受けながら
いちかばちかのパレード
私が別れを選んだのは
アサイラムが居たから
どこまでも卑屈だ
どこまでも窮屈だ
こんなことしてても
明日の朝には
頭痛と共に
目覚めるだけなのに

イマワノキワ

一通の手紙が届いた
十年来の友達から
の遺書であった
大量の薬を飲み
息絶えていく彼女
の死に際を私は克明に想像できた
私の右脳には穴が開いている
から
容易に感情は消え
去る
私の右脳には穴が開いている
から
いつまでも
満たされることはない
何を期待しているのだろう
絶頂
か
絶望
か
どちらにしろ何かを期待
しているわけだから

私はどこまでも普通のにんげんなのだ

至極当然の結論だった

どっちみち戦争は起きて
いる
そのあいま
に
再放送のコメディ番組
を観て
いる

今も血は流れている

私という範囲
は私の肉体
を超えることはないの
に

何を期待しているのだろう

血は流れ続けている
私の右脳
からも血は流れ続けている

マグノリア

閑散とした薄曇り
なんてお日柄も良く、

お前の命日を今日とする
苦い味が舌に広がり、

仮定の上で君の裸体が泳ぐ
指先まで燃してしまう
右脳は穴だらけ

（あなたのご意見によるとわたしは無駄のかたまりらしい）

マグノリアは大輪
何処までも
何処までも
汚れを秘めて咲き乱る
浸透圧はゼロとなる
切れ間から体液は滲み出て、
お前の命日を今とする
供えのマグノリアを刈りましょう

雷鳴

優しい神様が絶望を予告なさる
一瞬にして能面は笑顔に変わる
飼い慣らされた動物達まで
遠くへ行ってしまった
温く湿った絵ハガキを
郵便配達夫がポストに投げた
錆ひとつない窓の上辺から
優しい神様が絶望を予告なさって
能面は一瞬にして笑顔に変わって
あくる朝
見事に咲きほこっていたダチュラが落ちた

妄想癖

夜になると
また明日
が来るのが怖く
泣きながら眠った
いつか
の日々

お母さんに向かって非道いことを云いました
二年前の終戦記念日でした
謝ったら
別にいいのよって
笑いながら
別にいいのよって
私は
最近無性に自傷行為がしたくなる
左の手の甲
また
煙草を押しつけたくなる
想像の中
皆が
それでも別にいいのよって
笑いながら
それでも別にいいのよって
目が覚めたら
きっと
明日

も私は私のままだろうし
全てはリセットされて
とても空腹の筈だし
わかっているから
また明日
が来るのが怖く
泣きながら
眠れずに
それでも
別にいいのよって
皆
笑いながら
別にいいのよって
云うから
最近無性に自傷行為がしたくなるのだ

はじまり

けもの道
をゆく
できるだけ
胸をはり

胃の中のもの
消化しきれない
なんて
愚か

頭痛
止みません
あの日
から
あの瞬間
から

はじまり

もろく
強く
私の少年
先生にほめられたよ
よかった
ね

声
怒り
すれ違う
いつか出会う
いまはただ
他人
の二人

はじまりはじまり

受話器ごしの唄
ひずむ
涙

待ち続けるおんな
全焼した橋のたもとで
（はじまり）

別れ
が出会いに
かわる
その日
まで

side B

残像

不眠症の男の
墓を掘りましょう
なるべく深く
私だけの為に
あなたの
声が笑っているから
とても痛い
傷つけるのが怖いんじゃなくって
きっと
傷つくのが怖いだけ
唄っている姿が
眼にやきついて
離れない
もっと笑って
私を痛くして

そして
優しく逝かせるまで
待ってて
もっと笑って
あなたの
唄っている姿が
目にやきついて
離れやしない
不眠症の男の
墓を掘りましょう
なるべく深く
誰の眼にも
さらされぬように

ヒューストン

不安は要りませんか
私の不安

少しわけてあげましょうか
五時の音楽
聴くと
どくんと心臓が波うち
不安の匂いがたちこめる
ヒューストン
ヒューストン
私の声は届きますか
私の不安は届きますか
こめかみの部分
集中して
お腹はざわざわして
ヒューストン
すれ違う誰にでも
この正体知れぬ不安
わけてあげたくなる
ヒューストン
ヒューストン
私の不安

あなたに届きますか

地平線が見える

一、二の三で
ふたり一緒
いこう
このビルの屋上
から見える
地平線
必ず
ふたり一緒
手を繋いで
僕
君
ふたりだけ
（前方右ななめ下赤い屋根の家の庭で老婆が花に水をやっている）

（こうふくをかんじる）
今欲しいことばが
何なのか
わからない
（どうしてふるえているの）
一、二の三で
ふたりだけ
いこう
地平線
緩やか
なカーブを描いて
（ちょうどいい位置に船がある）
ちょうどいい位置に
君
居る
（どうしてふるえているの）
（少し痛いだけだよ）
今
たくさん抱えて

いる痛みより
（ずっと楽だから）
ちょうどいい位置に船があり
ちょうどいい位置に君が居て
こうふくをくれた
花に水をやる老婆
感謝する
（今欲しいことばが
　何なのか
　わからない）
わからないけど
あっち側
きっと
あの庭の花
よりもっとたくさん
咲いて
咲いて
種子
こぼれ落ちる

様に
今一番言いたいこと
頭のてっぺんから
こぼれでる
筈だから
一、二の三で
地平線
まっすぐ
飛び込むんだ

回想電車

友達の飼い猫に
秘密を打ち明けたことがあります
春も間近のことでした
母は私の寝息ばかりを数えている
四畳半のその部屋で猫は
壁の間際を見ないようにしていた

もう二度と触れることのない
目眩をおこさせるような木目

急がなければあなたに、
間に合わないかもしれない

太陽の脅迫のもと白々しく電車は走る

ドアノブにて首を吊ったことがあります
それは確かに秋の力でした
訪れる結末はあまりに陳腐で
その馬鹿らしさに息をついだ
遺書は日常に研磨された

季節を、
一人で迎えた季節の中を走らなければ
あなたに間に合わないかもしれない

いつのまにか爪はのびていた

腕をひどく傷つけていた
太陽の告白のもと空々しく電車は走る
からの空間を移動させていく

乾いた隙間

おんなが
おとこを
待ち続けている
古いアパートの一室で
駅のホームで
セックスの途中で
待っている
ちょっとした衝撃で
頂点からくずれおち
今日は
あいにくの快晴で
ひどく空腹で

親切な鬼と
残酷な神様の
はざまで
耳を塞ぎ
いつかの余韻だけを食べて
いきている
ほらまた
くずれおちた
空虚な
あしもと
古いアパートの一室で
駅のホームで
セックスの途中で
私
君を待っている

こおりおに

目の前の
アイスティーの氷が
カラカラと音をたてて笑うので
私は
ストローでかき乱してやったのです
すると彼らは
かん高い悲鳴をあげてひとつだけ溶けて
やがて訪れる沈黙の中で
向かい合わせのあなたの顔が凍りついているのを見まし
た
また氷が
カラカラと音をたてて笑うので
かき乱す
悲鳴を聞く
沈黙
笑い声
と、

一連の流れができるのは至極当然のことと思えました
その中であなたは
凍りついたままで
氷はまた悲鳴をあげ
ひとつ溶ける
私はうわの空で
空を見上げて
手帳の中で変色してしまっている笑顔のあなたの写真を
　切りとり
針と糸で
今のあなたに縫いつけるという
絵空事を浮かべました
（氷鬼に捕まった子供みたいに）動かないあなたを見な
　がら
頭に手をやると
そこには確かに角のような感触がある
カラカラカラカラの大合唱の中で
この氷が全部溶けてしまったら
隣町まで
新しい針と糸を買いに行こうと思います

アリバイ

ちょうどいい位置に
爪をたてる
恥ずかしげもなく
ねばりつく
真夜中の回想
オウトマチックな記憶
私は
私に
たどりつく
眠りについた太陽が
みるゆめのなかで
世界中の
罪がひそんで
濡れていて

薄らいでいく
私の少年は昨日
一人の男を殺しました
彼は云う、
（いつでも
　戻っておいで）
最終回は
予定されていて
きっと変わらずに
月日は流れ
いつか私の少年は
二人目の男を殺す
彼は云う、
（消えてしまえ）
暗闇の安息
水滴の詰問
私は
濡れながら
息をきらし

やがて
私に
たどりつく
この眼だ
この眼をつぶしてしまえばいい
盲目のおんな
甘く噛みつく
何も見なかった
私はあの時何も見なかった

理由

目が覚めるたびに黒いスーツの男が枕元に立っている。
あからさまに暴かれていく、
アパートの一室で、
男は云う、
「全てがお前の罪だ
　手を伸ばして

摑んで
解放しろ
取り返しのつかない
ことを
曝けだせ」
朝風呂に入ったら、
化粧をして、
じぶんがおとなであることをおもいだす。
それから、
一日の準備をする。
指定された服を着て、
指定された場所へ向かう。
駅のホームで、
サイズの合わない指輪を放り、
じぶんがこどもであったことをおもいだす。
足音は、
コンクリイトに、
吸収され、
そのたびに後悔を欲する、

ベランダの枯れかけた、
ノウスポウル
に水をやり忘れたこと。
(いや、もしかしたら故意的に忘れようとしているのか
もしれない)
黒いスーツの男の顔は思い出せぬが、
彼
に云いたかったことはわかっている。
わかっている。
わかっている筈だ。
(私は詩なんてもう書きたくもない)
(お前が誰だかは知らぬが)
(本当は)
(もう)
(気づいているのかもしれない)
放った指輪を、
取り戻したく、
線路内に飛び降りるかわりに、
夕焼け、

家に帰ったら、
私は多分また詩を書く。
取り戻せるものと、
取り戻せないものの区別は、
克明で、
（いつだって私は
　詩を書く
　準備が
　できているの
だ）

帆をはって

包丁で指を切った
止まらない血
の向こうの
肉の切れ目の断片
に私

が見えた
確かに私は生きていた

年をとった彼等
には
肯定できない
ものが
君
には肯定できる

（絶対がここにはある。）

いつか二人で猫を飼おう
名前
何てつけようか
どうしようもない僕等
の
どうしようもないこの星

で
弱さが強さになる
荒波を利用
して海
へ出る

止まらない血
の向こうの
肉の切れ目の断片
に私
が見えた
確かに私は生きていた
生きているんだ

ただれた世界

十二月分の薬を取りにいくと
空に雨

若先生は私に
新しい精神病院を紹介なさる
先生、
私は醜いだけであって別に頭が
おかしいわけではありませぬ
あの人が振り向いてくれないのは頭が
おかしいからでなくって
私が醜いからなんです
若先生は可笑しそうにお笑いになる
そうは云っても君
大量の薬を飲んでいるじゃないか
(私は冷たいてのひらをできるだけ丸めて)
そういうのならば
世の中には病人がたくさんいることになるし
私は正常に日常を営んでいます
十二月分の薬を放棄して帰ると
空に雨
あの人が唐突に耳元で囁く
振り返る

そこでは銀杏の木が二本、
体を揺さぶるだけで
（ああこれは幻聴である）と
ひとしきり納得し
自分が醜いことを思い出して
急に悲しみは落ちてきて
うなだれて
ただれる世界に
戻る。

きす

大阪行き
のバス停の
雑踏のなか
で
あの人にきすをした

本当にごく軽く
半ば
強引に
多分
予想もしていなかった
きす
をした

東京は
快晴で
大阪は
どうかは知らんけど
東京の空は
（でっかく明るい）
と
あの人は
云った
それを見ながら
私は

精神科の椿先生の
笑いながらの
（それで治る人も居るんですから）
と
いつだって笑っていない
眼
を思い出した

椿先生のいらっしゃる協和病院は八王子の田舎の方にある。バスで片道三十分かけて、私はあの軽やかな、椿先生の診察の後の、羽毛布団の様な軽やかな心持ちを感じる為に二週間に一回程通うのだ。

あの人は
三十三年かけて
造り上げた
思考
で曖昧に
微笑んだ

少しも悲しくない別れと
次に会う約束を
心臓の
ひとから見えない
部分
に大切に
しまい
中央線でおうちに帰る

大阪行き
のバス停の
雑踏のなか
で
あの人にきすをした

あの人とのはじめてのきす
は二人で吸っていた
煙草の味だけが

した

休日に

薬が三日分しかなくて
どうしようもない夢をみた
男は手紙とカメラを残し
女を追って去っていった
私の体のはんぶんは
石膏でできていて
どうしても二人を探せずにいて
わたしのいちばんだいじなところから
一番大事なことは放射されずに
空は青かった
風は無かった
たばこの煙はあくまでも真っ直ぐに
（まるでお焼香のように）
のびていく

男のカメラは
未だここにある
使い切ったフィルムが
入っている
私は確かに
男を愛していたのだが
フィルムを現像できない怖さと
どうしようもなさが
平行して
休日に
乾きすぎた洗濯物を
たたんでいる

夜驚

突然
叫びながら目を覚ました
確か

奴隷の様に働かされている一家の逃亡の話の
夢をみている途中だった
一家の末っ子は男の子で
超能力者であった
その姉は普通のにんげんで
私に重なる部分があった
いや
私自身だったのだ
弟は容易に空を飛べる
私はそれを眺め
うらやむ
どうして私は空が飛べないの
どうして私は消えることができないの
どうして私は
どうして
どうして
けれど確かに私は産まれた
普通のにんげんとして
二本の足で

（あるいは這いつくばって）
生きている
生きてやる
感謝しよう
全てのものに
例えば
私を働かせる何ものかに
中学校のいじめっ子に
暴力をふるった昔の恋人に
ＳＬＥというものに
感謝しよう
私を育ててくれて
憎しみをこめて
ありがとう
弟は容易に空を飛べる
私は歩くことができる
逃亡の途中で
生きてやる意志の元で
叫びながら目を覚ました

突然
目覚め
しばらく
泣いた。

私達はきっと幸福なのだろう

幼稚園で
真っ白い画用紙
渡されたから
親指を噛み切って
赤く染めてみた
大騒ぎする大人たち
のまんなかで
考える
わたしを基準とするならば
皆壊れてしまっているのだ
（空白を埋めるためには
血液しかないだろう）
高校で
中学でのいじめという悪臭を
うまく隠していた
はずなのに
腐りきった細胞
はどこまでも腐りきっていて
匂っていたようだ
それでも彼等にカッターを向け
（シネ）
と云った時
の快感を忘れない
わたしを基準とするならば
皆きれいなくつをはいている
（どこまでも血が必要なのだ）
性行為は
汚い
とおもっていた
今では恋人が

私の胸に顔をうずめて眠っている
今日も洗濯物を取り入れるのを忘れた
けれども
きすをすることだけは忘れない
(ひきあう血は絶対なのだ)
恋人は
駅のホームの内側を歩けない
少しずつ
線路内に吸い寄せられる
私は
たった一カケラのチョコレイトを
食べただけで死にたくなる
どうしようもないから荷物を
一緒に背負って
なるべく人ゴミを避けて歩く
私達を基準とするならば
皆かわいそうに不幸なのだ
血が必要だ
溺れてしまう程の
たくさんの血が必要なのだ
眠ったままの恋人の
顔を見ながら
詩を書いている
私達はきっと幸福なのだろう
(『オウバアキル』二〇〇四年思潮社刊)

詩集〈カナシヤル〉全篇

かみさまと花豆

ひかりの先

ゆきずりの生々しさ
裏返るふたつの舌
結末は躊躇して
声をだすこともままならない
森が、呼んでいる
僕は君
悲しいくらいのその勇気
君は誰
殴りつけることもせずに
足を
すくう
かたくなに守る指のすきまから
光がもれていた
森が、呼んでいる
嗚咽の先に理解する
振動するふたつの息
急いだほうがいい
森は待つことを知らない

あまのがわ

わたしには
世界が足りないと
示された午後
錠剤が友達でした
お母さん、
それが毒だと
あなたは何故云えるのか
おいてかれたくないんだ

って
呟いたサカイメのひと
わたしも
って
云えなかったのは
別の船を選択していたから
お母さん、
あなたは
何色の船に乗るのか

お母さん、
あなたが隠した
ヒントはいまでも
島に埋まっている
ことを
知っていますか
あなたの娘は
インクに血液を
忍ばせている

わたしの意志ではない
血がそうさせるのだ

お母さん、
わたしはもう
果ての果てまできてしまって
あなたの織りかけの布だけが
到達しているのだと
おもう

わたしには世界が足りない
世界が足りないことを
産まれながらに知った
わたしには
錠剤が必要で
それが毒だと
手足ができるより先に
知ってはいたのだ

発症

いつのまにか
助けて
が
口癖に成っていた
咲かない
クロツカス
手を伸ばして
雲を摑もうとした
雲を摑もうとした
膿んだ傷口
揺れるカーテン
頭からコンクリートに飛び込むその衝撃
窓は放たれて
湿りゆく瞼
コップ一杯の水をください
奇妙なことに
数式は成立しているのだ

いつのまにか
助けて
が
口癖に成っていた
一定の距離は
一定のまま
笑ってる
笑ってる
痛いよ

訣別の明け方

まず大きな揺れだった
薄暗い脱衣所で
身重の姉を守らなければならなかった
仮定の大地震は
いつも左下がりに揺れるから
風呂場へ続く

硝子戸が心配だった
二七歳の姉と
七ヶ月の胎児を
わたしは支えた
右側の硝子戸の
下はとうの昔に割れている
ヒステリーを起こした
姉が
幼いなりに
足掻いた痕
つまり
蹴り割ったのだ
硝子戸は自然と
音も無く
はずれ
風呂場に倒れた
今度は割れることはなかった
わたしは
母が泣くことがない

事実に
安堵し
ようやくおさまった揺れに
足が震え
そのまましゃがみこんだ
気付くのが遅かった
わたしは色の無い
モノクロームの二四歳の女

もう一度眠っても
わたしには色が無い
母の誕生日だということを
きれいに忘れていて
ご馳走を用意する
姉たちの食卓に
わたしは座れなかった
今から着替えて
わたし贈り物を買いにいくの
箪笥から次々と服を引っ張り出し

滲んだ涙を拭いながら
着る服はいつまでもみつからない
食卓では義理の兄たちが
わたしが
右の道を行くか左の道を行くか
賭博をはじめていた
食事、とっておきましょうか
そう言った女の顔が
どうしても思い出せずに
怒りで
その女を殴ってやりたかったが
下着姿でわたしは
立ち尽くすしかなかった
相変わらず色は無い

目が覚めて
ひどい喘息で
吸入器を二度押した
それから
冷蔵庫を開けようとして
自分に色が戻っていることを知った
明け方は罪だ
急な電話は罰だ
わたしは再び
母を悲しませようとしている
あの日は
わたしは男として産まれなければ
ならなかったと
保健室で泣きながら綴った
それ以上に
母は泣いただろう
あの手紙は
行方知れず

わたしは
そろそろ旅立たねばならない
あの人と
手を繋いで

わたしは
わたしは
わたしは
幸せを探しに行くのだ
優しい誰かと
新しい色を求めるのだ
煙草を深く吸い込み
わたしは泣かない
二四歳の色を持つ女は
あなたの想像するように
もはや繊細ではない

窓を開けた
薄暗い町並みが
鎮座している
知っているのだ
今日がはじまりだということ
煙草ではなく
空気を深く吸い込む

わたしに必要なのは
ひとりの男と新しいコート
早く日は昇らないだろうか
訣別の明け方
からだとこころは
こんなにも
外界を必要としているのに

波打ちぎわの悲劇

あおいこねこがくびをおとされたよ
てのひら返して
あの頃は幸せだった
動脈を辿ってゆくと
そこは海
薄情な砂浜の上で
恋人は笑っていた

もうておくれなのよ
全てが、きれい
くるぶしの高さから
世界を見ると
こんなに悲しいのに
君は知ろうとしない
水温は上がって
魚が浮きはじめる
遠い海鳥は得体の知れない
その物語めがけて
急降下
（シーンは何の言葉も要らない
　ただ真理だけが残響する）
君には君の物語が
私には私の物語が
残る
あおいこねこがくびをおとされたよ
てのひら返して
あの頃は幸せだった

波打ちぎわの悲劇
笑顔が凍りつく
神様
もうておくれなのよ

回帰線

すでに風景は見知らぬ土地だった
決して電車は動いていない
流動的な外界なのだ
外は夏なのだろう
風景が汗をかいている
わたし
冷えきっている肩を抱こうとしたが
肩なんてなかった
気づけば乗客は皆
喪服を着ている
顔なしだ

再びそとを見れば
唐突に新宿のオフィス街にさしかかっていた
奇妙に灰色をくゆらした高層ビルから
刹那に身を踊らす肉塊
あれは
わたし
きれいにおわることなんてできるはずなく
滑稽にアスファルトに散る
悲鳴はあげなかったのだと思う
眼をそらせなかった硝子にうつる
わたし
顔なし
ああ、いま泣いてしまったら
このまま生き続けたくなるかもしれない
衣服はとろけた
全ての体毛は燃え尽きた
みんな
みんなおんなじ
ただの肉の塊

「次は一子宮一子宮一」

お母さん。
いまから私たちにんげんはあなたの胎内に帰ります
微笑んで
おかえりなさい
と云ってくれますか
嘘偽りでなく
迎えてくれますか
これから起こる現象は
奇跡です。
じんるいみなびょうどうになるための
儀式です
あの子が泣いています
何
聞こえないよ
腐敗する前に
はやく

私たちを受け入れてください
そして約束してください
もう二度と私たちを産まない、と
これ以上死にたくないのです
聞こえているの？

電車が大きく傾く

患う

あらしのような
ゆうべでした

あまりにも
赤い血が
流れすぎたから
自分が人間であると
錯覚してしまった

おしまいから
かろうじて
繋がった
わたしと云う名の生命線

かつて
森で出会った
こいびとたちよ
揺れ方は
もう
忘れました

あらしのような
ゆうべでした

感触は
そこにある
いつだって触れられる
だのに

哀しみが
ピストルを
構えて
立っている

もはや
裏返しの共鳴は
肉体をも
つらぬく

ならば
これはあいとよべるのではないか

わたしは
患う

まるで
頬を上気させた
生身のにんげん
のおんなのように
患っている
のだ

Dという前提

じんるいはみなひっこしをしてください

ふいにラジオから流れてきた声
母は
食器を新聞紙でくるみはじめる
姉は
要らない洋服を袋に入れる
姉は
忘れていた写真をゴミ箱に入れる
わたしは慌てて
宝石箱をあける
父だけが

所在なさげに
釣り糸を庭にたらす

宝石箱のなかには
将来もらう結婚指輪や
蛙のブローチや
たくさんのロザリオ
そのなかでみつけてしまった
Dという刻印

じんるいはいっこくもはやくひっこしをしてください

墓場に置き去りにした
友達のことを考える
落とし穴に落ちたら
棺桶の遺体と入れ替わるのだ
そんなことを考えてしまい
気付く
置き去りにされたのは

わたし

はやくはやくはやくはやくひっこしをしてくださいはや
くはやくはやくはやくひっこしを

ラジオが息絶えた
街には引っ越し先を探す
ひとのむれ
父だけが
所在なさげに
アスファルトに倒れている少女の
ぽっかりあいたくちに
釣り糸をたらす
お父さん
それ、わたしなのよ

Dという刻印をもらってしまった
わたしは
それがほんとうのわたしの名であるのか

できそこないの印であるのか
頭を抱えて
釣り糸をくわえている
「わたし」の面影がぞろぞろ釣れる
そうしてからっぽになる

いきつくさきは墓場である
みんなてをつないでねむる
わたしはぽっかりと口をあけて
Dそのものになっている

告白

心臓で卵を飼う日々だ
よっつの真っ赤な部屋で
ひとつずつ不揃いの
卵をあたためるのだ
孵化する時間や
姿も
ばらばらで
たまに死産
たまに悪意が産まれる

君を待つ時は
いつもこんなことを考えている
放課後の教室では
わたしの呼吸しか鳴らない
カーテンは揺れるべきではなかった
君はいつも来ないのだ
何度手紙を忍ばせようと
君はいつも来ないのだ

君を殺すために
わたしは息を殺す
君の席は何故だか冷たい
椅子をそっとひいたら
思いのほか

大きな音がした
胸が苦しくなる音
よっつの卵がいっせいに跳ねた
今日もまた産まれる

下校のチャイムまで
もう時間がない
君はいつも来ないから
君がいつも悪いのだ
カッターを握り締めた
おおきく反転した
産まれたのは
きれいな欲望
わたしの呼吸が
微かに響いた

「　　　　　　」

よくはれたひに
母親がヒステリックに
ヒントのまぎれこんだおもちゃ箱を
表記できない騒音をたてて
ひっくりかえす
流れはわたしの足下でとどまり
秘密は球体のゼリー状で
気持ち良くはじけた

わたし
知ってるよ
昔から
知っていたよ
あれは電柱じゃない
あれは宙にのぼろうとする
ひとのむれ

母親が
表記できない騒音をたてて
おもちゃを踏みつぶす
お前は子供ではない
お前はここに居てはならない

もう行くよ
わたし、もう行くよ
薬は持ったよ
お腹
すかないよ

母親がドア越しになにか叫んだ
それがどうしても
表記できない
あなたには
伝えたいのに

火葬

夏がちかづくと陽気に
コロコロとふとってゆく
影と陰
すずよかな真昼に
かつて
のこいびとはお亡くなり
お気の毒さま
あなたはわたしをたくさんころしたのよ
ご愁傷さま
報いなのよ
この体中の傷跡を見えないふりして
犯し続けた
踏みにじった
ひめいのひめい
あなたらしい液体は
灰になる塵になる
声もなく

燃えてゆく
たましいもひからびた
ここは夏の溜まり場
わたしは汗ばんで
奇妙に細長い煙突を見上げる
煙は
とてもうすい。

3センチ、氷が

煩雑な珈琲屋で
眼を閉じて耳をすませば
居なくなった
わたしの細部の
心臓が再生したくなる
意味も無く
無へ向かう

とりたてとくちょうもない
わたしはくろいかみのおんなに
あこがれて
むしのいきに
きづかされ

彼女を待つにはもう一度お願いしなければならない

煩雑な珈琲屋に
わたしは居ない
彼女に出会うには
のどもとふかく
啄むしかないのだ

わたし、は
隣の老人の注文した
油まみれの
揚げ菓子をあざけ笑い

そうして
ひとつの思考に戻る
わたしがこときれる
正しく食べられる

かみさまと花豆

あめのあいまに
うでのながいおとこと
高幡不動尊を散歩した
紫陽花が彩る気配
（かみさま
　この子を消してください）

お前のたましいは剝き出しだ
うでのながいおとこは
うたうように云った
わたしは

こころもちわらって
こころあたりが
あった

真夜中に花豆を煮る快感
ひたひたではなく
たっぷりなのよ
決して
ひたひたではない

お前は気性が激しい
うでのながいおとこは
楽しそうに云った
わらえなかった

次の日は
思いがけなく晴れていた
幼子が
産まれなかったらしい

願うことから
罪がはじまっていた

おんならしく病み
おんならしく痛み
おんならしく走り
おんならしく
日々を綴る

毎回怪物倒していくわけではないよ
逃げもするし
たくさん眠る
ふしぎなゆめをみる
ゆめになる

その次の日は
予想通り曇りだった
恐ろしく軽い、からだと
こころで

花豆を買いに行った
下駄鳴らして行った

おんならしく泣いて
おんならしからぬ行為
まるでおとこみたい
わたしたちおとこ同士みたい
せめてあなたぐらい
うでがながければ
優しいひとに成れた
のかもしれない

想像が想像のまま終わるということ
膨らんだ乳房は誰かのためにあるのだ
わたしのものではない
わかっていたのに

今日もまた
なにかにころされる

プレゼント

今朝は
足首が見つからんから
あなたのもとへ、
行かれない。

それはひどく大変なことだ
いまから新しい足首を届けに行くよ。

恋人はすんなりと
わたしの
出来の悪い嘘を信じた
受話器を置いて
わたしは慌てて
出刃包丁で
足首を切断せんといかんかった
血がだくだく流れて
傷口と

こころが
しくしく痛んだ

昨日、
はじめて腕を切った
剃刀で浅く
ほんに浅く
傷をつけた
長い長い二本の裂け目から
わたしが零れてしまった
血液を吸い込んだ
ハンケチは
わたし自身
捨てられんかった

あなたはきっと
多分
いや
多分悲しむから

会いたくなかって、
会いたくなかった

足首を切断してから
三呼吸目にチャイムがなった
流しの下に
足首をほおりこむ

あまりにも早く
恋人は来た
あまりにも、
早すぎた

もしかしたら
あなたは本当は
おらんひとなのかもしれん

疑ってしまうのだ
恋人は

水色と緑色の混じった
きれいな足首をわたしに差し出した
土盛海岸の色
の足首

真っ白で長い
恋人の左腕に
細い二本の傷
生々しい赤の線

なんてことだ
わたし、
間違ってあなたの腕を切ったのだ

恋人は一言も発さず
手馴れた具合で
わたしに
足首をつけよった
浅い海のなかに居るように心細い

ひんやりとした
くるぶしまでの海

もしかしたら
わたしは本当は
おらんひとなのかもしれん
疑ってしまうのだ

台所の床の上で
乱暴なセックスをしたら
わたしたち
もう原形をとどめて
いなかって、
いなかった

それでもお腹はすく
朝食を作りましょうよ
曖昧な生き物のまま
わたしは立ち上がった

相変わらず
足首は土盛海岸に居る

わたし
もう傷なんてつけん
あなたまで切りつけてしまうから
だから
もう、せんよ

恋人は未だ
一言も発さず
微笑んで
小さな豚になった

わたしたち
本当は
おらんひとなのかもしれんけど
それでも
このひとが大好きだ

その事実にこころを殴られ
わたしは
不覚にも
泣いてしまう

素晴らしい日々

しゃくやくの花

安物のベッドが
壊れてしまいそうな
セックスの夜
むかしのこいびとのもんだい
を吐き出したおとこは
わたしに
プロポーズした

わたしは
とても拙いから
ことばは返せずに
おとこを
抱きしめて
きすをした

わたしは
とても拙いけど
これから
を強く感じたから
煙草を吸うこと
を
やめました

朝と云う概念がめばえたら
駅ビルの花屋
で
一本三百五十円の
しゃくやくを二本

買います
おとこが帰ってから
それは
固いつぼみを緩め
夜中には
咲きこぼれます
とても死ぬ　きれいね
とても死ぬ　きれいね

わたしたちは
とても拙いから
時々わからなくなるけど
拙いなりに
生きること
を選んだのだ

次に桜が唄う頃
わたしは
よめになるのだ

しゃくやくの花
とても死ぬ　きれいね

名も無き鳥

男は
目撃した
確かに目撃した
目撃したからには
証言しなければいけないのだが
証言するには
男は
あまりにも目撃し過ぎた

男の窓からは
恒久的な夕景が手を振る
手を振り返す程の

純粋さは
もはや
女にはない

男と女は手をつないで
眠る
男は
目撃した断片を
女に挿入する
拒絶するはずもない
鳴かない鳥を
誰が殺せよう?

あなたは
あまりにも目撃し過ぎた
わたしは
歩き方を忘れることによって
ようやく
その額に
触れられる

潜在する病い

氷砂糖で、できた
椅子に座ることを
命じられる
産まれることのできなかった
魂
が呟く
「お前はしあわせになってはいけない」

手探りで
抱きよせて
あらわになった
乳房を
押しつけた
この景色

見たことある

洗いたてのシーツに
嘔吐
お前の愛も
戻してしまった

不安と云う名の障害
胃の中に流しこむ
かぞえてもらおうよ
絶頂の数
かぞえてもらおうよ

両腕を縛って
目隠しして
いっそ
侵してしまおうか

この体に沁みついた暗号

決して、
人間のように
振る舞っては
いけない
決して、
幸せに成っては
いけない

素晴らしい毒、声をあげては

血が流れない
痛みはあるのに
血が流れない
加減されたことばに
翻弄され
地球の裏側から彼等に向けて
放たれた叫びが

いま
届いた

救急車の
どうしようもない明け方に
産まれ落ちた旅人
六月の旅人
心臓を蝕む
薬をもらったんだ

窓際のマトリカリアと
テレビの上の向日葵が
過剰に優しくて
やりきれなくて泣いてしまう
少年のようなものが
もはや少女ではない扉を開ける
忘れてしまったのだろうか
息をするということ

そして
うまく血を流すこと
マチカドで執拗につきまとう
おとこにすら
物語はあるのだ

真実を知ったら
思いがけず完結してしまう

素晴らしい毒、声をあげては
心臓が
すこしずつ死んでゆく
たいして
悲しくもないのだが
そのたびに
旅人
に近づいているみたい
彼等に云いたいことは

ひとつだけ
でも
そんなこと
たぶんいっしょういえない

笑ってくれればいい
この姿を
笑ってくれさえすれば

運動会

風船をうまく摑まえられないのだ
あの風船を受け取れれば
わたしはむこうへいけるのに
風船をうまく摑まえられないのだ

なぜわたしだけ
水着を着ているのだろう

眼鏡をかけてしまったのだろう
みたくないもの、が
みえる、し
みえないもの、が
みえる

うじゅさんがなげた風船を
あいちゃんが摑まえる
またひとり去る
わたしにはまわってこない
桃色の風船

触りたくはなかった
手が飴でべたべただから
みんなに迷惑をかけるし
先生に怒られる

触りたくはなかった
わたしの爪は伸びすぎているから

風船が割れたら
しょくいんしつにつれていかれるのだ

あなたはどうしてつめをきらないの
こいびとのせなかにあとをつけたいのです

雨が降ってきた
水着で良かった
濡れても平気だから
泣いても気付かれないから
みんなはふざけあいながら
軒下にはいる
ぜんぶ眼鏡越しにみる
亡くなった大叔母が
眼鏡越しに
わたしの腕をひっぱる
ふりはらう
校庭には、わたし
ひとりになる

雨に濡れてもびくともしない
風船を
ひとり
みている

懐妊主義

あなたが席をはずしたすきに
アルバムをすべて燃した
昨日の時点で
わたしはころしすぎた
声色を変えるだけで
違ういきものになるのだった

日々
孕む
産みたくない時は
絶対に産まない

産みたくなったら
孕む前に
産んでしまうから
原型をとどめる
すべもなかった

喋る前に潰して
食べる前に捨てて
する前にいって
また
孕む前に産んだ
仕組んだのはわたし

きりすててきたひとびとを
いちいちわるものにして
でないと
わたし
いきもできなかった

この部屋には墓石が多過ぎる
雑なスピードで産んだ
味のない林檎が産まれた
ふたくちたべてやめた

きょうもころしすぎる
あなたがせきをはずすのを
いまかいまかとまちながら

深夜バス

この三ヶ月で
わたしは十年生きた
もう
ことばを
わすれてしまった

困った顔をして蛇が
はねた
わたしのからだは痙攣し続け
少しだけ
はねた

だから
わたしは愛するひとと
寝なくてはならない
いますぐに
ぐちゃぐちゃにならなくては
いけない。でないと
わたしが
見失う

つめたいはだかが

一度だけはねた
子守唄が笑い声にしか聞こえない

足が触れない距離で

わたし、は
泣く

夕餉を錠剤だけにして
わたし、は泣く
わたし、は泣いて
また老いるのだ
もう
わたしがわたしでなくなるぐらい
老いて

深夜バスに
乗車拒否されるのだ

夏日

わたしのおなかには
赤ちゃんがいます
赤ちゃんがいるのに
誰も信じないのです
せんせいも
きみはにんしんなぞ
していないと
いうのです
でもわたしのおなかには
赤ちゃんがいるのです

五月某日。
夏日である、世界は狂っていると思われる、私は世界を元通りにする術を考える、アスファルトに陽炎、迷子が私の書斎にまで入ってくる、名前はまだない、迷子が夏日に蕩けていく、そんな夏日に、私は捻り出す、このよのなかのひとがみな泣き虫ならばすべてがまるくおさまるのだ。

わたしのおなかには
赤ちゃんがいます
いるのです
心音が聞こえます
わたしは赤ちゃんの名前を
もう考えてしまったので
せんせいにわらわれました
きみはにんしんしていない
いいえちがいますちがいます
このこはもうすぐうまれます
五月の夏日に産まれるのです
せんせい
あそこにみえるのは
うらがえしの子猫とわたしをつなぐ
地平線なのではないでしょうか
錯覚?
いいえこれは感覚です

へその緒は
世界中のひとを結び
平和を
祈るでしょう
だからわたしは
夏日にこのこを産むのです
ちがいますちがいます
あれは
曇り空のふりをした
ただの五月の海
でなければ
わたしはおばあさんになっているのです

しくみ

わたしは彼の無駄である
彼の延長線上、遙か
地平線まで
無駄であり
やがて世界を覆う
わたしはうかれた小石
小石が世界を包む可能性は
皆無に等しいが
理路整然としているのも事実であり
彼、の爪先から
正しく絡み付く
無意識のわたしのからくりは
やがて、収縮と散乱、
あるいは産卵を繰り返し
屋上から本棚まで
ものごころ隠した手は震え
孵化を待つことから
わたしの歪みははじまっていたのだと
思う。
故、
わたしは堂々たる彼の無駄であり

もう、この明日には悲しみの淵に
よりよく吸い込まれようとするのだ

六月灯

朧気に痛む
絶望的な
ゆうべに
煙草に火をつけては
ほおり投げ
煙草に火をつけては
ほおり投げ
吸い込みはしない
一体
何がしたいんだろう
放棄した約束事が
いまさら
足に絡みついて

泣けもしない
とても
殺された夜に
水面にうつる
焼けただれた顔
きれいになりたい
きれいになりたい
って何のために

これは、生きてるの？
息をしてるの？
こころ、があるの？
お腹はすくの？
どこが痛むの？
本当に、生きてるの？

異臭がする
さっき死んだ
こどもたち

死因は
母親の虐待です
忘れていたの
母親は、
わたしだった

あなたからみたら
わたしはにんげんでしょうか
卑屈な明け方に
灯るあかし
六月灯は
終わってはいなかったんだ
買ってはもらえなかった
偶像のお面が
今なら買える
買えるのに

焼けただれた顔を
隠そうともしない

七月のあかしに
晒されて
避けてゆけばよい
むしろ
近づくな
そこには安らぎなんてないから

もうすぐ、
終わるの

美しい穂先

雨があがりました
薄日が
拡散する午後です
お母様、
ちょっとそこまで
散歩に行きましょうか

公園の手前の
美術館で
絵を眺めましょうか
それから
お喋りしましょうか
アスファルトに揺らぐ
わたしたちの影
どうみても
親子なのですから
ちょっとそこまで
散歩に行きましょうか

美しい稲穂のように
凛、としている
あなたと
笑いながら
生きていきたいのです
次の秋には
おそらで魚が泳ぐのです

それを
一緒に
仰ぎましょうね
少しの甘いお菓子と
お茶を用意して
ちょっとそこまで
散歩に行きましょうね

雨があがりました
しゃんしゃんと水滴をはじく
美しい穂先
あなたがいるかぎり
わたしはいつまでも
ここに居たいと思うのです
それは
お母様が
美しい穂先という
名前のとおり
凛、としているから

泣きたくなるほど
好きになっていくのです

やさしい嵐

優しい嵐
に壊される
何度も何度も
シンでは
イきかえる
ことあるたびに
おんな
に、成ってしまう
世界はあまりにも
すき
がないから

肯定できず
思い出ばかりに左右される
喘息の明け方の記憶
薬のぶん
だけ感じられた
つながり

優しい嵐
に、のみこまれる
幾度となく
蘇生する

彼女きれいになった
過ちは鳥になる
もう痛くは
ないですか

あしのうらの悲劇と
おとこの裸の体積

この部屋
が要素のまま
ぜんぶ
つながってたんだ

真夜中に安心できるということ

もう痛くは
ないんです
極彩の日々
やさしいあらし

君が居なくては、

夕焼け色のひと

手をさしのべた彼が
ゆうやけいろに染まる

こうなってしまうのは
剥きかけの林檎のせいで
わたしは
キッチンに住むいつかを想った
たどりついたら
いつも何かが足りないのだ
当たり前のことだけれど

所在なくなったら林檎を剥きなさい
胸がすうってするの
薄荷みたいな心持ちよ

祖母はよく云うものだった
祖父が亡くなってから毎日
わたしは祖母に
黄色く変色した林檎を食べさせられた
すこしもすうっとしない
べたついた甘さ
知りたくもない味だった

彼に会うまでに
わたしは目眩を起こすほど
たくさんの林檎を剥いた
食べることはなかった
知りたくないことを
知ってしまいそうだったから
林檎を剝くことだけに
集中した
なるべく
薄く
水中の意識のような
薄さに
できるなら均等の幅で
皮を剝くのだ

彼は腕が痛くないのだろうか
干からびた林檎のぶんだけ
手をさしのべる彼のことが
心配になる
うれしくもあるのだ
ゆうやけいろになるまで
わたしを待っていてくれた
うれしくもあるのだ
うれしくはあるのだ
ただ
あいすることのおそろしさを
あなたはどれだけしっているのか
わたしはわずかなしょさやつぶやきで、
いともたやすくあなたをきずつけることが
できる
あなたはめをほそめるだけで、
わたしをころすことができる
最愛のものは、転じて、ざんこくになり、転じて、この
　世で一番うつくしい。

だからわたしは
剝きかけの林檎が気になるのだ

あなたにからだをあずけたら
わたしにはもう逃げ場がない

ゆうやけいろがまぶしくて
林檎がうまく剝けない、のだ

素晴らしい日々

死にたい死にたい
と、夫が云う
死なないで死なないで
と、わたしが云う
死にたい死にたい
と、わたしが云う
死なないで死なないで
と、夫は云わない
死ぬなら先に死んでおくれ
お互いの文字を書く

それぞれに癖がある
それでも
同じスピードで、
口をそろえて
云うのだ
しぬならさきにしんでおくれよ

きまぐれに傷をつける
飲みきった錠剤の数をかぞえる
泣かない、準備をする

きまぐれに花を育てる
青い花びらの数をかぞえる
枯らしてしまう

死にたい死にたい
と、夫が云う
死なないで死なないで
と、わたしが云う

死にたい死にたい
と、わたしが云う
夫の返事はない
青ざめたひだりうで
脈はない
わたしの唇から血が滲む
そして夏の日の
干からびたとかげになっている

それでも
手をつないでおもてへでれば
仲のおよろしいこと
と、呉服屋の店主は云うのだ

（『カナシヤル』二〇〇六年思潮社刊）

詩集〈錯覚しなければ〉から

マッチ売りの少女、その後

冬の日、未明、
街角で少女の遺体が発見された
死因は餓死
凍りついた少女の範囲外にも
恐怖のように
マッチが散乱していた
かすかに薬物の匂いがした
長い髪は
短く切りそろえられるべきだった、と
第一発見者の老婦人はため息のように
警官に漏らしたのだった

少女は母親にはなれなかった
母親のふりさえできなかった

あまりにも
かけはなれた空
眼を凝らして
声を殺した
少女の死は
悲鳴の延長線上
誰も少女を殺せなかった
故、皆が少女を殺したのだ

検死の結果、
遺体からは薬物反応
「いい夢でもみたんだろうね」
検察官はため息のように
警官に漏らしたのだった

A「明日には雪がやむからそれまで部屋でじっとしていなさい」
B「お母さん、雪が怖いの？」
A「治安が悪いから隣町には行ってはだめよ」
B「あそこにはマッチを売る少女がいるんだってね」
A「昔の話よ、いまは居ないわ」
B「世界は鋭いんだね」
A「世界は鋭いのよ」
B「世界が鋭いんだ」
A「もう寝なさい」
A、寝室のランプの灯りを消す。眠ったふりをするB。
雪が絶え間なく降り続く窓の外。寝息はいつまでも聞こえない。

病人が居て健康な人が居て
悪人が居て善人が居て
揺れ動く者が居て微動だにしない者が居て
そんな二元論では
世界はつくられない

冬の日、未明、
街角で少女の遺体が発見された
死因は餓死

美しくマッチの散らばるなか
かすかな微笑み
誰も少女を殺せなかった
故、皆が少女を殺したのだ
皆が少女を殺したのだ
一度だけでも振り返っていたら
結末は違ったかもしれないのに

花売り

不思議な夢が
わたしを食べる
朝、
目覚める確率は極めて低く
幸運なときは
わたしは朝食を
いただいてから
花を売りに
町へ行く
けいとうの花はいりませんか
ききょうの花はいりませんか
椿だって
きれいに咲いているのよ

親切な老夫婦が
わたしに憐れみの眼を
向ける
それこそ生きている証だった
そうでもなきゃ
わたしは犬小屋にでも住むわ
けいとうを買っていくひとは
残酷
ききょうを買っていくひとは
無神経
椿は

死刑台で
首を落とされた

わたしは誇らしいのよ
花売りとして
それはもう誇らしく
ただ、
君にだけはこの姿
みられたくなかった
だって
君は花売りの誇らしさを
知らないから

椿がね、
こう云ったの
なんで私だけ首を落とされなければ
ならないのかと
云ったのよ
無色の椿がわたしを食べる

一気に飲みこむのではなく
じわりじわり
啄むのだ
痛みはない
わたしはくずれながら
誇らしく思った

三日後に眼が覚めて
朝、
朝食をいただき
しおれた花たちを撫でた
わたし
どこまでゆくのだろう
そう思うと
すぐそこに「死」が
佇んでいた

君にだけは
知られたくなくて

そう思うことから
すべては終わりはじめた
とっくに
終わりがはじまって
いたのだ

花はいりませんか
わたしが産み落とした
花たちはいりませんか

振り返るひとは居なかった
それこそ
たったひとつの幸福だった
君にだけはみられたくなかった
枯れた花に手をやると
砂のようにこぼれた

わたしは花売り
誇らしく町角に立つ

素通りするひとびと
なんて誇らしい
そうでもなきゃ
犬小屋に住んだっていいのよ

わたしのつまさきと満開の悲しみ

つまさきと
木の根は
相性が悪いので
森は避けてくださいね
(わたしのつまさきはわたしのものです)

包丁を持って待っていた
ね、
あなた、
いつ、

かえって、くる、
の、

（あなたのつまさきはわたしのものです）

もうおうちに帰るから
ひきとめてね
おうちに帰るからね
怒鳴ってみたらいいんじゃないかしらね
あ、
いきしてない、

いきしてない、
わたしのつまさき、
いきしてない、
ね、
あなた、た、た、た、たたたたたたたたた
駆けていったよ

こうやって今夜も殺されていくわけ
わたし、死んでいくわけ
みんな笑っているわけ
理由なんて簡単！

好きだから転がるんだ
好きだから殺されるんだ
わたしのつまさきはわたしのものです
あなたには
絶対
あげないからね。

あ、
いきしてない、

森を避けて
逃げていくつまさき
おそらには悲しみが満開だ
わたし

包丁持って待ってる
待ってる、る、る、る、るるるるるるるる
電話、鳴ってるよ、

今週末は樹海だね。
ありがとうね。

すずな、すずしろ

母という
あらゆるにんげんが抱く
幻影のなかで
わたしたちは演じる
戻ることは許されない
やわらかい約束を
わたしたち、紡ぎだす

助けを求めて

呟いた
弧を描いて
捕まえた
お母さん
どうして
わたしたち、
酸素を探すんだろ

せり
なずな
ごぎょう
はこべら
ほとけのざ
すずな、すずしろ
まほうのじかんです

許してください
助けてください
お母さん

わたしたちには
その名前が
染み付いて
外を歩くにも歩けなくなった

すずな、すずしろ
呟いて
すずな、すずしろ
捕まえた
娘たちよ
息子たちよ
呪文を唱えよ
母には問うな
なるべく早いテンポで
唄うように流れるのだ

母という
あらゆるこどもたちが抱く
幻影のなかで
わたしたちは立ち回るのだ
わたしたちは母になって
母親になって
それからようやく
紡ぎだす

白線の内側までお下がりください

平日（白線の内側から）
週末（白線の外側から）
喪にふす（どちらでもない）
三択問題です。
一番適しているものを選んでください。

それは日常からはじまって、非日常に終わった。帰宅時に必ず見かける老いぼれた猫。集団下校の小学生。やたらと喉がかわく。いつもはみつけられる自動販売機がみつからない。殺すつもりはなかった。わたしはただ、おんなであることに疑問を持っていただけなのだ。おんなであることに疑問を持っていただけなのだ。以上がヒントです。

あなたたちは虫です
わたしたちは魚です
鳥にはなれません
どうやったってなれません
期待しているのですか
やめてください
今日も
子供らの列に車が突っ込んだのですよ
二人が死亡、
一人が重傷
残りの子等は果てをみていました
テレビが喋ります
はなをたむけます
そんなあなたたちは虫です
わたしたちは魚です

期待はしないでください
今日も
皆、必死で酸素を探しているのですから

白線の内側までお下がりください
白線の内側までお下がりください
危険ですので
白線の内側までお下がりください
危険なんだよ
早く下がれよ

（絶望）

違います、（渇望）です。ひともじちがうだけでおそろしいことになるのです。ああ、ようやくわかりました。わたしたちもあなたたちも色が違ってもおんなじなんです。かたちをとどめていなくともおんなじなんです。おんなじなのにどうして、こうやって、つながれないのですか。

もうヒントはありません。

白い線をひいた
あちこちにひいた
とらわれた
おおぜいの
あなたたち
わたしたち
鳥になんて
なるものか

うしないつづける

痺れるように君が笑う
一滴、一滴、大切に
わたしは泣く
食卓に並ぶは
これ以上成長できない死骸

ジャングルジムに群がる
たくさんの鳥
あてもなくやってきた
野良犬たちが
襲いかかれば血みどろで
わたしたち、ふたりで
それをみながら食事をしていた

「この家には壁が必要だ」
「屋根も必要よ」

いっそ殴られたら良かったと思う
それだけ悪意は満ちていて
むかしむかしに
屋上から飛び降りる時
わたしは引き剝がされたのだった
そして、
わたしの長い長い旅がはじまる

大勢のわたし自身のわたしたちが
わたしを囲んで
かごめ
かごめ
を、はじめる
言い当てたわたしを
わたしは食して
もう行かれない場所には
赤い丸をつけるのだった

あなたたち
わたしじゃない
にせものよ

もう少しで
わたしはわたしを取り戻す
でもなにかが
うまいぐあいに
欠落していて

最後のピースが見当たらない
おそうしきの準備がなされていく
待って
もう少しで
わたし息を吹き返すの

すでにわたしは燃やされていた
熱さは感じなかった
思いのほか
みんな、泣いている

みんな、泣いていた
わたしは灰になりながら
息ができずに
笑っている

ミシンを売る時

ゴミ箱いっぱいの
力加減に耳をすまして
かろうじてつくりあげた
花かんむり
わたしの手から
ふいに離れた
片目の子猫

いい声で鳴くのよ
仕上がる瞬間なんて特に

あなたの髪のうえに
かんむりをのせたくて
撫で上げた
子猫をみせたくて
時間を取り戻す
ことばを取り返す

蛇行しながらきました
今日のお茶は何にしましょうか
ミシン？
あれは売りました
とうとう
こんな時が来てしまったんですね

お母さん
わたし、ミシンを売ったんです
売ってしまったんです
それから
子猫をみかけません

いい声で鳴いていたんですよ
でも
とうとうこの時がきたのですね

満開の母

わたくしの母は
コンクリートに生え忍ぶ葉脈
わたくしの母は
おそらを旋回している小鳥
わたくしの母は
鏡にうつらない
母親とはなんと異質なものであるか
いつだって振りかえることもしない
あまりにも力強い
その、柱

わたくしの母は
子供らを切り裂く出刃包丁
わたくしの母は
喉をならして待ち続ける
わたくしの母は
邂逅するには美しい

母親とはなんと残酷なものであるか
血に狂わずにはいられない
今宵も泣きくずれてゆくのだ

母よ、母、お母さんあなただ
何故にあなたは笑うのか
カタカタカタと笑うのか
あなたの笑い声は琴線に触れるのだ
あなたの顔を忘れたい
反射するほどに忘れたい
忘れたいのだ

母親とはなんと異質なものであるか
母親とはなんと残酷なものであるか

わたくしはいつか
母になる

真昼に泣く

耳元で赤ちゃんが泣いている
お腹がすいたの抱きしめてほしいのかまって
ほしいの

先生、赤ん坊の泣き声が離れないんです
よりによって真昼に泣くんです
あれは、恐ろしいほどに母親を欲している
昨日は商店街を歩いているときに
泣き出しました
殺されかけているのでしょうか
そこは、もう、
商店街ではなく砂浜でした
緑色の赤ん坊を
みんなが笑いながら埋めるんです
私は止めようとして
気づいたら
埋められているのは私でした

みんなが笑いながら砂をかけていきます
死んでもいいかな、と
思うほど
みんなたのしそうで
たのしそうで、たのしそうで
私も加わりたいぐらい

耳元で赤ちゃんが泣いている
かまってほしいのほしいのほしいのに

違う！　違う！
私には子供は居ない！

泣かないで
泣かないで
すいこまれそう
意識しなければ息ができないってこと
わかる？

堕胎された子、死産だった子、虐待をうけた子
みんなみんな
真昼に集まれ！

大声で泣いた
私が泣いた
幾千もの赤ん坊を抱きしめて
私が泣いた
私の腕はどんどん伸びて
地球を一周した
それでも赤ん坊はあふれ、て
大声で泣いた
私が泣いた

「お母さん、もう一度、私を産んでください」
「嫌よ」

みんなたのしそうに埋める
私は太陽って眩しいなと思い
思ったら何もみえなくなった
からだの穴という穴に
砂が侵入する

さあ、もっと泣け
泣いて
泣いて

なにもない真昼の砂浜は
泣き声だらけになる
だんだんちいさくなって
私の泣き声だけが
残る。

ひかりの先

粘着質の夜半
わたしの右腕は求めるためだけにあった

守るべき対象が
産まれくるならば
わたしはようやくそこで終われるのだ

おとこは眠っている
もうどれだけ眠り続けているかわからない
目覚めるには
お姫様のきすではなくて
どれだけの願望を捨てられるか、に
かかっていた

こんなんだね、わたしたちいつもこんなんだね、すれ違って、泣いて、叩いて、笑って、怒って、出て行って、抱き合って、いつもこんなんだね、でもわたしはこれらの現状が好きすぎて死にたくなるし、殺したくなる
死にたい殺したい死にたい殺したい死にたい消えてなくなりたい！

現実って思いのほか楽しかった

陳腐でしょうか
でも確かにわたしの左腕は傷だらけなんだ
みんな笑ってるよ
笑って笑って幸せになれるなら
わたし、切る
血にまみれて笑い声に包まれる
わたしも、笑う

おとこが目覚めない
それは惰性になって
その間、わたしは違う男性と
抱き合って
つまり
助けて欲しかったのだと思う

それをかたちにするならば
壊れたプラスチックの船
浸水していつかはのまれる
絶望していたんだ、ごめんなさい

こうやって
手をつないで
無言で歩いて
また笑い声に包まれた
出刃包丁でひとりのこらず切り裂いた

本当にわたしを救えるのは
おとこだけであり
本当におとこを救えるのは
わたしだけだった
そんなあたりまえのことも風化するぐらい
おとこは眠り続けている
風が心地よい初夏の寝息

遠くで蝉が鳴いているよ
ねえ聞こえる?

幸福論

わたしをみている得体のしれない歪な模様は、あれはない、無口の部屋と寝息はいつだって寒々しい色を主張しています

わたしだっておさないころ
ことばを紡ぐこともせず
必死で
温度を求めて
それは
羊水から脱出した後悔にも
ひとしく

いまだに必死ではありますが
あいしてるあいしていないなどとののしっては
冷蔵庫に住む
みすぼらしいおんな

憐れむことだけを生業にしてきました
白々しいいたみが好きでした
すべての憂鬱はわたしから生じわたしへ消え
わたしはどこかで
期待していたのでしょう

わたしをみている得体のしれない歪な模様は、おそらく
「しあわせ」とかいうもので、いつしか身を委ねる恐怖
にとりつかれてアイスクリームばかりを食べています

夫のことだけを感動の対象にして
それいがいを排除してしまい
盲目故、ことばを実感し
なにが楽しくて紡いでいるのか、
問うことさえやめにして
ただ、
あたたかい腕はなにより大切なのだろうとおもう

二歳にもならない娘が
あらゆるものを可愛いと述べ
その理解に足らない表情で
放置されていたシリカゲルを
「可愛い」
と、にぎりしめていた
あの、
えがおにとどかない。

たとえばそれを（こうふく）とよぶのであれば
呟いて

そうやって今日も
夫にいだかれながら
捨てあぐねた
乾燥剤のことだけを考えている

夕日の隣まで叩かれております

わたくしが微塵もないころ
夕日の隣まで叩かれております
わたくしがあなたであったころ
悲しみは栄養価が高かったものです
にんげんが皆ひとつになり
おなじうたを唄うのならば
ため息ひとつぶんが孤独であり
需要は減ったであろう

「運転手さん、向かってくださいよ、ちゃんと向かってくださいよ、とびきりの終焉まではあと何行ですか、ねえ、煙草吸っていいですか、まもなく終わりがはじまります、間に合いますか、ねえ、ね、
「カウントダウンです、もうすぐ、
「夕日の隣まで叩かれております、
「そう、
「、

「
僕の好きなあの子の話をしましょうか
サングラスがとても似合うんだ
ギター弾きながら唄うの
寝顔をあまりみせてくれなくてね
一度だけ、一度だけなんだけどあの子が先に眠って、
あの子があの子じゃなくなって、
遙か巨大、グロテスクな怪物のようになっちゃって
だけど、僕、
あの子好きだ

わたくしたち幸せだったのでありましょう
微塵もないころ
それはそれで原型を留めて
いまでは立派に
夕日の隣まで叩かれております
素敵な鎖骨にえきたいがあふれておりまして
わたくしたち臆することもなく

旅の準備をはじめるのです
僅かな食料や、錠剤や、
「僕」のための「あの子」
飛び出しちゃって、冬
わたくしたち常に冷静でいなければなりません

世界が終わる時、はじめて夜は明ける
その教えを繋いで、
繋がって繋がって、まあるくやさしく撫ぜて
砂糖菓子のような速さで
壊滅がやってくるのです
わたくしたちに必要なものは
祈りであり、
まもなくはじまります携帯電話の電源はあらかじめお切りください

「あれ、
「ね、
「ほら、終わっちゃ、

「う、
「元気なおんなのこですよ産声あげて、て、
そして、ハウリング

(『錯覚しなければ』二〇〇八年思潮社刊)

詩集〈はこいり〉から

フレットレス

夏の庭で
植物がたのしそうにはしているが
それは形容にすぎない

へだたりなく
ことばをあやつれたとしても
君をおこらせてしまうときもある

夏の庭で
やわらかくひざしに
やかれて

きょうはあついですね、なんて
植物に水をやる

へだたりなく
ことばをあやつれるはずなのに
おこってしまった君が
ねむったふりをする

水がかわかぬうちに
朝食の支度をして
ふっとうするまでの流れで

またあたらしいことばをかんがえている
詩ではないことばをかんがえている

百舌

まなざしを捨てた、朝

浴室の鏡が割れる

ほどの戦争のあと
耳だけがのこった
きこえるものは
汽笛と、
たちのぼる湯気

明け方の公園にて
沈丁花の枝を手折った
随分と香った
こうやっていつも
ふりわけられる

「十年なんてあっというまだったね」
おとこは
三ヶ月前とおなじ声で
つぶやいた
確かに
この十年は三ヶ月の速度で
ながれた

花を活けるときには
くきをななめに切りなさい
枝を切るときには
断絶なさい
むやみに
花なんて咲かせてたまるか

のこされた耳は
ききのがさずに

名前を与えられて
ふりわけられた
わたしたちの四肢に
汽笛がたちこめる
からだから湯気がのぼる
割れた鏡がみけんにささる
おなかがすく

耳元で
たちのぼる湯気の
おとがして
わたしなんて
もっと生きればいい

十年が三ヶ月だったのか
三ヶ月が十年だったのか
名前を与えられた瞬間に
隣人さえもあいせると思い

そのまなざしを捨てた
はずの
朝

逆子

逆さまに産まれたわたしたちは
倫理にかなわないことをなさっている

幾度となくあやまってくるおとこと
千鳥ヶ淵をさがしあるいた
果てから果てへ
二時間あるいた
肝心なことはいつだって
肉体で示せばよかったのだ

「もうしのうとおもう」
「そんなにあやまらないでください。わたし、おんなで
すから」

逆さまに産まれたわたしたちが
倫理にかなわないことをなさっている

到達した光景は
はじまりからおわりまで
満開の手前で

薄白くひかり
わたしたちは
産まれたまんま逆行なさっている
それから叫んでみる
あえて叫んでみる
倫理にかなわないのであれば
この世界でなくとも生き残れる自信があった

「これを花冷えというなれば」
「地球が終わるのも時間の問題ですから」

空から逆子が降ってくる
たくさんたくさん降ってくる
わたしたちのうつくしい世界が
散る、寸前に

ふきのうえ砂浜

右にまがるとふきのうえ砂浜だ

あなた、たのしそうに
わらっていたものよ
そう言う母が
たのしそうで
つややかな髪から砂がこぼれおちた

隠していてもだめ
ぜんぶわかっているよ
次は
わたしの番

ふきのうえ砂浜は
毎年、春がくると
遺骨をかかえたひとびとで
混雑した

手折られた菊であふれる
集約する

隠していてもだめ
どうしたってにおうよ
はりめぐらされた糸にもつれて朝もくる

はしゃぐ母から
砂がこぼれる
みずしぶきに沿ってひとびとが縦列する
曇天のもと
次は
わたしの番

右に
まがれ

予鈴

それはまるで
幕がゆっくりひらくように

おかあさんがさけびます
おとうさんがわらいます
おねえちゃんがおこります
わたしがないています
いもうとはまだいません
まばたきします
かぜがふきます
そらがおちます
ひとびとが点みたいになっちまって

世界が冷静で
梅雨がきます

裸眼

思い出のなかだけで
うつくしい写真を残そう
まもなく産まれる
お前を
泣かせるためだけの
写真を撮ろう

白いサンダルを履いた彼女が
ベッドの上に立つ
凛と立つ、その、
シーツの皺が
うつくしいから
これならお前をきちんと騙せる
だから私は
シャッターを切った

彼女のあしもとの
そこには居ない
フィルムにのぞく
見知らぬ少女

ゆうれい

彼女は呟いて
写真を裏返すと
少女は三人に増えた

悲鳴が伸びて
いきつくさきは仏壇
私と彼女はすがりつく
目を閉じて
祈るが
いくら叩いても鳴らない
おりん

だれかがうしろにいる

泣きながらおびえる彼女が
とてもうつくしい
これなら
お前を
きちんと騙せる

お前は
おとこかおんなか
人間なのか
猫なのか
鳥なのか
植物か
わからないが
私はお前をあいしている
彼女の腹に眠る
お前をあいしている

まだ出会わぬ者を
あいすることが
できることが
私たちにおける
たったひとつの
武器

だから私は
お前を
泣かせるためだけの
写真を撮ろう

あふれかえったベッドから
増殖していく少女たちを
私はあいせるかもしれない

抱擁

てぶくろがきらいだから

てぶくろをしないのですが
毛糸につつまれた
てのひらが感情を伴うなんて
うんざりだった

てぶくろがきらいだから
てぶくろをしないのですが
毛糸につつまれたとて
なにから守られるの

右腕を肉でおおう
そのさきの指で
円を描きつづけた
冬がきても春がきても
お前だけが視界にいればよかった
夏がきても秋がきたら
膨大なてぶくろをあみつづけた
もう、うんざり

二度と居場所がない
お前はかわいい

ふるえる

薬液をたらす
二階から地下まで
すっかり髪のぬけおちた
わたしに
薬液がたらされつづける

丁寧に
うもれていくたましいの
はしばしで
お前がいればそれでいいとおもった

「トル」、と名前に添える
それにより削がれる

ただされる
あ　わたしいま　ふるえた
わたしの　脈が　ふるえた
ただされた　わたしたちが
やるせなく笑って　わたし
しにたくないなあ

灰神楽

たどりつけなかった
くすぶりに
指で
音もたてずにしめらせる
まっすぐにたちのぼる
「ばかかな」
「ばかではないよ」
「ばかではないなら何」
「きょうもまた花が枯れた！」
「そんな些細なことがらがわたしにはうれしくおもいます」
「わたしも」
「では、わたしも」
「いまだから呟くけれど」
「わたしには」
「すきなひとが」

います。

去年は花火大会に二度、
浴衣きてむかったのに
二度ともまにあわずに
とおくからゆっくりと
音だけがひびきました
またつぎの夏に花火、

みればいいだけのこと
なのにわたし
こわかった

「いつしぬかわからないいじゃないわたしいつしぬかわか
　らないいじゃない」
「せめて長生きしようね」

そう言った、
おとこの視線は
まっすぐにランプを確認して
かぶりをふり
花火がとおくで
ひびいた

こわかった

とりあえずは
指で

音もたてずにしめらせた
まっすぐにのぼる
そのさきに
わたしたちの呼吸があって
そんなのわたし
知らなかった

つぎの花火がまぶしい

感情ひとつ肉体から派生しているひとへ。

こわい

まぶしい

ほんとうかもしれない

切愛

階段をかけあがってきれた息が
夕焼け、
あたらしい町に飲み込まれる
真夏日に
足の折れた炬燵を捨てるかどうか
思案しながら
四畳半でこんこんとねむる鬼に問う

夕飯は食べてから帰るのか
お前のすきな煮物の材料を買ってきたから

鬼の頬を撫でる風が夕焼けで
恋人のようだとおもう
この鬼は恋人のようだとおもう

おおむかしにかなしいゆめをみて
ないていたわたしをつれてにげた

おに
いとしいおに
えがおがすえおそろしくて
きちんとあいじょうをふりわける
そんな、おに

くつくつと沸騰してゆく台所を
夕焼けがなぞり
不躾にしのびこんだ風が夜にむかい
階段をくだる町をも撫でて
きれた息をおもいだし
野菜を洗うわたしの足が折れて
恋人は鬼のようにねむりつづける

隣人のわるいまち

現実って
とってもまとも

「わたし、こわい夢みたの」
「ぼくはふしぎな夢をみた」
あなたから話してってうながしても
割れない口が隣町まで伸びていく

わたし、新宿の西口にて。
お空にね、ビルが乱立して
真っ赤にひかって
もちろんアスファルトからも
つきでて
反射していたのかしら
かがみみたいにすべてが人工でつくられていたのよ

割れない口が隣国まで伸びていく
まっすぐがすえおそろしい
その乱立がわたしにしかみえなかった
誰に問おうとわたしにしかみえなかった

わたしにしかみえなかった
その、こころあたりを

「あなたはいったいどんな夢をみたの」
割れない口に罅がはいって

空間が裂けた
飽和してわたしたちが乱立した
「現実ってとってもまとも」
「あるいはくべられた送り火と」
迎え火の日

まともな現実に割れた口の口角に滲む
こころあたりがおおすぎる

秋

存在するために
あなたたちは

植物をふみ
形跡をたどり
一本の道をつくる
その道は脈拍でうめつくされる

その道を
わたしたちがなぞり
わたしたちがあるく
もしかしたらしんでいるのかもしれない
しれないが

あなたたちは水をのみにいく
えいえんにとどかないのならば
あなたたちの唾液が
湖となり
その湖には
あなたたちは
はいれない

わたしたちは船をうかべた

その裏側ではいるかがおよぐ
およげるあなたたちと
唾液に躊躇する
わたしたち

口腔からながれてくるものが追いかけてくる日

動悸をともだちだとおもえば
いてもたってもいられず
わたしたちは
あなたたちになって
枯れた植物を踏みしめた

にくらしいのは
わたしたちか

けもの道を

めくらの鹿がはしっていく

まちがいさがし

ようやく
明治神宮前です
おうちまでは
まだとおいのです
斜めまえのおんなに
みおぼえがあります

信号の点滅。
赤だったら
赤だったら赤だったら
赤だったらなあ！
赤だったらよかったのになあ！
ぜんぶ赤だったらよかったのになあ！
赤だったらなあ！

赤だったら赤だったら
赤

わたしたちには
理由があります
わたしたちにはそれぞれ
事情があります
こわい

ようやく
東新宿です
おうちまでは
まだとおいのです
わたしたちにはそれぞれ
事情があり
かえれない家をもち

斜めまえのおんなが
鞄をあさっているのは

きりはなす鋏を
さがしているから
おうちまではまだとおいのです

信号の明滅。
赤だったら
赤だったら赤だったら
赤だったらなあ！
赤だったらよかったのになあ！
ぜんぶ赤だったらよかったのになあ！
赤だったらなあ！
赤だったら赤だったら
赤

赤だったらなあ
みおぼえはあるのになあ
忘れているのかなあ
こわい

指輪をなくす

天井を
仰ぎみる際の
暮れつづく日と
ひとと
ひと

しとしとと
降る雨と降らぬ雨の
幾ばくかの度合いをはかる
なにかしらのきかいを
持ちあわせてしまった
わたしたちは
はかり
これからの月日をかぞえる
迎える朝にて生をこらしめる
事物が絵画か

絵画が事物か
こたえよりさきに
うまれゆく道を
あくまで慎重ではあるのだが
慎重にはかりつづけ
正確ではない数を
はかり

天井に
翳した際の
すべてのゆびの
指輪を
なくす

追伸

洗濯物を
したから
見上げることしか
できない日って
たしかに
ある

その
衣類がからからに
かわいているさまに
たちうち
できないことが
たしかにあった

寝室のそとは無関係の空間である
ただひたすらにだだっぴろいだけの
意味をなさない空間である

口腔から
体温計のおとがする

汗とか命とかきもちわるい

綻び

裾がほつれてしまった

君の砂糖漬けが
とどこおりなく整列して
かたをふるわせわらってる
夏のひなたで
ただしく髪結うわたし

圧搾機で
たいらになった庭は
これまでとこれからを
垣根以上に
ひろげて
それでもわたし

こんやも終電でかえろうとおもう

裾がほつれてしまった

この髪はきょうも
つややかにひかる
てざわりでわかる
そのくらいわかる
砂糖がざねりざねりする

ほつれた裾を
結わう髪にまきこみ
まくりあげ
ぜんぶ君にみせてやる
つつみかくさずみせてやる

蝶形

夏に気をつけてください
あなたは夏にしぬでしょう

せんせいが
あまりにつよく
おっしゃるものだから

わたしはふゆに
しぬんだとおもう

わたしはふゆに
しぬんだとおもって

なけなしの
衣類をはおって
きょうも
町にゆく

雀が炎天下のもと歩いている
びっこひきながら歩いている
トラックが掠めたのか
びっこひきながら
炎天下である

夏に気をつけてくださいと
おっしゃるせんせいが

汗をかいている
シャツがにじんでゆく

なけなしの
衣類をはおって
パラゾールのにおいがする
わたしはふゆにしぬんだとおもう

（『はこいり』二〇一〇年思潮社刊）

連作〈終焉〉から

終焉

世界が
夜と朝の曖昧なラインで
手首の痛さに相反する
新聞配達のエンジン音に
安堵して
これから
最後の朝を迎えるのだと
知った

途方に暮れて暮れて
脳を萎縮させる
ビニール袋を握りしめ
笑いながら
最後の時期にそなえる

おはよう
おはよう
おはようこどもたち

おはようを繰り返し
でたりはいったりで
シーツは汚れすぎて
残された生産的な
液体なんて見たくない
もう
無理なのだと思う

じぶんのつまさきがあやふやだ

おやすみ、を発したいが
今朝、あらゆる熱が
うしなわれることに
抗えないから

仕方がない
仕様がない
早く寝なさい
おやすみが言いたい

絞まっていく首筋において
視界が霞んでいき
おなかがすいたなあ
なんて呟き
ちょっと笑った

おはよう美しい世界
なんて美しい
美しくて愛しい
ほうかいした、襟元
天井が裂けた、この朝

終焉#2

わたしを
定義しろ

武装したまま短冊を書く
うつくしい夕方から
うつくしい夜明けにかけて
うつくしいひとの喉をまさぐる
ガスマスクごしにみる世界である
うつくしい世界である

ねがいごとが追ってくる
「おかあさんにあいたいです」
「おとうさんがなきませんように」
「うまく、こわれますように」
いっせいにはしりだす際に
わらいながら書くわたしが
「順風満帆」

すべてがいつかは
うまく、こわれますように
ふるえるゆびさきが柔らかく書いた

わたしを定義してください

終焉#3

あのこが
あたまから血ぃふきだしてる
まだ生きてる

夏のひかりのなかで
わたしたちは一日に何百回も
からだを売る
わたしたちは一日に何百回も
手を洗う

わたしたちは一日に何百回も
からだを売ってようやく
わたしたちの手がきれいになる

とてもうつくしいあのこが
あたまから血ぃふきだしながら
まだ
生きてる

免罪のために産まれることばが片言でまぶしい

まだ生きてるあのこが
あたまから血ぃふきだして
夏のひかりのなかで
「ちゃんと顔見して」
ってわらう

みっともなく息をする
許される余地もない

わたしたちを敬え

「子供みたいでかわいい」
そうわらうあのこが
あたまから血ぃふきだしながら
何千回も売ったそのからだで

終焉#8

あ　いま
耳鳴り

ひびくよな朝に
ひびくよな今朝に
ひびくよな体に
ひびくよな雨も降らない

あ　いま

感じた

（…………。

絶望と感嘆をいっしょくたにしたい

あ　いま
めまい、と、

悲しいとおもうことがありました。それってわたしにとっては悲しいことであるのだけれどあなたがたにとってどうかは知る由もありません。白く、塗られた、声、あ、いま、耳鳴り、わらっていたのかしら、あ、いま、感じた、かつての息づかいを感じたのでありました。そちらは今日も雨です、か？
あ、いま、めまい、と、めまい、

と絶望と感嘆をいっしょくたにしたい！
あ　いま　耳鳴りがきこえるよ
このなみだは
たしかに記憶にあるのになあ

終焉＃9

とても　むずかしいひと
あなたって
とても　むずかしいひと
おかしいの

なだらかな山のようになる
緩急ならして
わたしたちの感情が
堆積されていく

また白木蓮が咲いた
視覚にうったえる
うれしそうに並ぶ
またおなじ白木蓮が
やきつく
一度は散ったものなのに
おかしいの

十年たったら
何がかわるだろう
百年たったら
何かがかわるだろう
千年たっても
あなたって　むずかしいひと

垣根の向こうは留守だ
おかしいの

終焉#13

早朝、蟬がいくひきもころがる
呼吸器がふさがる
カレンダーめくったら八月であった
昨夜はずいぶん遠い地にいたような気もするのだが
「おか.あさん、夕立ちにふられそう」
「えー?」
カレンダーめくって、ころがる蟬の数をかぞえる
これはおまえが居たさいごの風景である
娘が洗濯物をとりこむ
真夏日をうつくしく解釈する

終焉#14

起きたら快晴だった
ばかみたいにあおかった
朝食の支度をしながら
せんたくきがかんかんまわる
ねむるひとはまだねむっている

ばかみたいにあおくて
この日々をこうふくとよぶ
こうふくとよばれる日々が
記憶にはのこらない

わたしはなにか
とてつもない悪事をはたらいたのだ

翌日も
起きたら快晴だった
ばかみたいにあおかった
それをこうふくとよぶことにした

伝書鳩がこの手にとまって
「おわればいい」
「はやくおわればいい」

せんたくきがかんかんいって
ねむるひとはまだねむっていて
ねむったままだった

終焉＃18

おかあさん、雨が降ってきたよ
おとうさん、風が吹いてきたよ
おねえちゃん、桜が散りましたよ
弟は仮定のままで
仮定のままでいつもどおりの日。

こどもたち
静止せずに
あんさんたる
道を歩みなさいね
あなたたちの

一日が
これ以上
速度をあげるのですから

階段のしたから彼は言った
「髪が伸びたね」

夜半。呼吸をととのえるたびに自分のことをかんがえます。呼吸をととのえるたびに自分のことだけをかんがえます。自分のことだけをかんがえるべきです。とおくに見えるのはなれのはてで、そのなれのはては随分ふくよかで、何か失敗しましたか。

階段のしたから
「そういうことだ」
彼が言って

こどもたち
もう決してふりかえらずに
おかあさん
おとうさん
おねえちゃん、仮定の弟と
桜にまじって
散ってしまったのか
「欠損してた?」
声すらきけずに
仮定のままで、よかったね

終焉#19

わたしの庭には
おかあさんが埋まっています
すこしだけのぞくかわいた指先
ようやく
わたし
てまねいてあかるい午後になり
「わたしたちのおしまいはまだまだつづきます」
すこしだけのぞくかわいた指先
わたしの庭みたいに
きれいでしょうおかあさん
わたしの庭みたいに
わたしたちの庭であったみたいに

終焉#20

しめりけを吸収させる粒を
たくさんの腕でかきあつめた
前日と翌日に
あかちゃんがうまれました
うまれるまえから
名前も脈拍もあります

しめりけを吸収させる粒を
したからほおる
うえへうえへ伸びるよう
なるべく高く
消えてしまうくらい

はじめから名前はありました
そのために
ここまでやってきました
おめでとう

ありがとう
そう、手をつないで
うまれたばかりのこどもたちが
首を揺らしている

いきるということが
こんなにむつかしいだなんて
眉間にしわをよせて
「わたしたちは容易に完結します」

前日も翌日も
冷静に呼吸をつづけて
冷静なまま雨をむかえて
「窓、閉める?」
「雨がひどいみたい」
「ぬれた床をぬぐうために」
その布をつかって。
うけとめる用途であるから。

はじめから名前を持つ子が
無意識にわらう
その口角があがって
したからほおって
ひたすらに上昇して
みおろせば
一転してすべてが粒みたい

雨が降ってきたよ
あかちゃんがまたわらっているよ
わたしたち
名前があって
よかったね
まぶたをひらいたら
おしまいとはじまりが
混在するものね

「はじめての梅雨がくるんだよ」

あ、また
わらってる

終焉#22

雲がながれて
ちかくて
とどきそうなのだと
その表情をあぐねて
あふれかえり
すみやかに手にいれなければならない

帰宅した軒下で
わすれていた隣人とあいさつをかわし
雨はいつでも讃えるべきだった

会話が、ひつようですか

湿った空気を
わたしたちがはきだす

しんだら
うつくしいのか
しんでおまえは
うつくしくなるのか

白ばかりの花を置く
すぐに枯れる

終焉＃24

季節がうつってしまうと
娘が泣く
わたしはとりとめなく、縫い目を
いつまでもなぞっていた

ことばではなかったら
糸を用いたいと
針を手にとり
沈黙の天井にて
手段になる
つるされたままの衣類よ

泣く娘を台所につれていき
これがあなたの風景だ
心細くも真昼のときを
わたしと過ごした幸福として

泣くあなたをうらめしく
故郷というかたちの
例えば季節がうつろわなくとも
何ら問題はなかったのだ

ことばではなく糸を用い
理解されぬように

縫い合わせていくならば
つるされたままにはさせない
季節がうつってしまうと
泣く娘を台所におさめる

その時、絶望という簡単な文字が充満した

終焉＃30

密集した舟が
音をたてずに
いつかしぬひとたちを
運んでいく
いつかしぬひとたちは
いつかしぬのだからと
頭を撫でてくれた

冷えて固まった溶岩の波に
足をとられるように
いつも　この一瞬も
すべて生きているのだから
見知らぬひとたちと
目がつぶれるほどの星をながめることもある
凍えそうで
可笑しくて

キラウエアの火口で
燃えあがる隣で
いつかしぬひとたちが
いつかしぬのだからと
頭を撫でてくるとき
わたしは宇宙がしぬときを
考えた

靴紐をむすびなおす
丁寧に

エッセイ

感覚をうけつぐ

わたしの名前はペンネームだと思われがちだけれど本名だ。三角という苗字も珍しいが今まで生きてきて自分以外に『みづ紀』という名前の人間に出会ったことはない。いっぷう変わった名前が恥ずかしくて親に対して恨めしく感じたのは幼いころだけで、今は大好きな名前。

小学校の授業で、自分の名前の由来を書く作文が宿題にでたから母に由来を聞いてみた。植物図鑑をめくっていたらハナミズキが載っていたからと母は答え、ちっとも納得いかなかった。確かにハナミズキはきれいな木であるが、なんてぼんやりした理由なのだろう。幼いわたしは、幸せになってほしいから幸子、のようなわかりやすい理由が欲しかった。

しばらくしてから再び母に名前の由来を聞いてみた。大きな木なのにとても小さく美しい花を咲かせるからという答えが返ってくる。前に聞いたときと理由が違うし、やっぱりぼんやりした由来に思えてそれ以上聞くことはなかった。結局どのような作文を書いたのか覚えていない。

今年の春、三月末から四月末まで執筆のためにヨーロッパに滞在していて満開の桜を見ることができなかった。帰国したら桜ではなくハナミズキが咲きほこる時期になっており、わたしは旅の最中に誕生日をむかえた。今住んでいる埼玉より産まれた鹿児島のほうが桜の満開は早くハナミズキの満開も早い。誕生日は四月十八日。わたしが産まれたとき、鹿児島はハナミズキの盛りだったのだと気づいた。

ハナミズキは大好きな花。ひっそりと咲いて愛らしい。名前の由来ということもあり近所の歩道にハナミズキが咲くのを毎年楽しみにしていて、帰国して咲きほこる桃色と白の花を見たとき、まるで自分を抱きしめている母になったような錯覚をおこした。名前の由来が意味ではなく説明ではなく感覚としてたちあらわれて、ハナミズキを見て感動する母の気持ちが映画のスクリーンにうつしだされるようにありありとうかんだ。こんなきれいな木を見ていたら、その名をつけたくなるのは当然だとさえ考えた。

　母はうまく説明できなかったのだと思う。幼いわたしを納得させるためには植物図鑑のほうが適している気はする。けれど三十二歳になったわたしはその感覚を共有することができた。感覚が理由だなんて素敵だし説得力があり、強烈。名前についての発見はこの春の大きな収穫であるのだけれど、母に確認の電話をしようとしてやめておいた。きっと母は照れながら、また、ぼんやりとした理由を言うのだろう。


（「南日本新聞」二〇一三年七月六日）

隣人のいない部屋まで

　反芻していた。スロヴェニアへ向かう小さな小さな飛行機にて。わたしが生きてきた三十年と少しを、ドイツのミュンヘンからスロヴェニアの首都リュブリャナへ向かう小さな小さな飛行機にて、わたしが生きてきた時間を。

　楕円形の小さな窓からは赤い屋根の家々、葉の色の違いからパッチワークみたいに広がる畑、うねる蛇のように流れる川が覗けて、それらに夕焼けが優しくおおいかぶさっていった。ミュンヘンを出発したのは夜八時過ぎであったのだが、そこでようやく日が暮れはじめた。日本から十一時間飛行機に乗り、すでにわたしの体内時計は狂っているのにドイツの日没の遅さが拍車をかける。おまけに、夕焼けが美しかった。

　夕焼けというものは、畏怖にも近い美しさであると思っていて、ホノルルで見た夕焼けもそうだった。けれどミュンヘンの夕焼けは穏やかなパステルカラーがグラデーションになっている。淡さが深みを増していく。広大で、たくさんの飛行機雲が鋭く筋をつくる。包み込むように優しく大きな夕焼け。それは高貴だった。

スチュワーデスのおばさんがペットボトルのミネラルウォーターとビスケットを配る。こうすれば良いのよ、目配せしながらわたしの座っているシートの前のテーブルを出した。お腹はすいていなかったのだけれど、おばさんの笑顔とビスケットのあまりにも質素な包みが気になってひとくち食べてみたら塩とごまとローズマリーの味がする。同じ列に座っている荷物の少ない男性は肌が浅黒く、わたしと同じように窓の外の風景を食い入るように見ている。旅行者だろうか。それにしては懐かしさを伴った視線をしている。誰かに会いに行くのかもしれない。両親、恋人、あるいは子供。

優しい夕焼けのなかで優しいビスケットを食べていたら、少しずつ夜が深くなる。山脈をこえ、やがて緑や赤、橙の色をした町へさしかかった。おもちゃの宝石箱のようなそれを見て、後ろの座席に座っている幼い子供が、

「スロヴェニア！」

そう、叫んだ。嬉しそうに何度も、くりかえし。わたしもうれしくて一緒に叫びたかった。スロヴェニア！　これから滞在する国。

ひどく痩せて、もうわたしは死ぬのか父と母に問うてばかりいた、十年前。未来なんてあるはずがないし未来について考える余地もなかったのだ。

十年前の痩せっぽちの自分に教えてあげたい。背を丸めて、猫背で、猫よりも浅い呼吸で、机に向かって詩を書くわたしの後ろから教えてあげたい。あなたは、ヨーロッパにだって一人で行ける。もっと長生きできたら宇宙だって行けてしまうかもしれない。おおげさではなく、宇宙にすら。

日本を出発したのは十三日の昼過ぎ。そこから乗り継ぎであるドイツのミュンヘンまで十一時間ほど。その頃

には起きてから二十時間ほどが経過しているから眠気でひたすらに朦朧とした。荷物を抱え空港内の売店をひやかすも売られているものに視点があわない。

けれど夕焼けを見てから、あ、と、全身を揺さぶられるように、この旅は失ったわたしのはしばしを探す旅になるのだと知る。

十年前の自分に教えてあげたいが十年前の自分には教えないであげよう。あなたは泣くこともできないくらい、本当はつよい。

失ってしまったものはたくさんあって、記憶の回路や、一人の感覚や、大切な事柄の定義や、それらをわたしは探しに行く。

後ろの座席の子供が、スロヴェニア！と叫ぶ。嬉しさと興奮を隠さず、それから立て続けに何かまくしたてているのだがその言葉はわからなかった。ドイツ語かもしれない。

飛行機は不安になるほど軋んだ音をたてスロヴェニアの首都、リュブリャナ空港に着陸した。奄美大島の空港ぐらいの小ささで、おまけに現地の時間は夜九時を過ぎていたから閑散としていた。わたしは急いでスーツケースを受け取り、皆が向かう流れに沿い、自分の名前のカードを持った青年の姿を見つけ用意されたタクシーに乗りこむ。窓にはぽつぽつ雨が光り、夜のリュブリャナは静か。わたしと運転している青年しかいないような、錯覚。

車窓から風景を眺めるもスロヴェニアの夜は静かで暗く、どこを走っているかわからない。車内では聴いたこともないポップスミュージックがくりかえし流れて気になったのだが、また眠気も復活して、自分の拙い英語で会話をする元気はなかった。到着したホテルも夜中の静けさで、手早くチェックインし部屋に落ち着く。旅、とりわけ荷造りと荷解きが好きなので到着したら部屋を確認し快適に整えるのが習慣だけれど、荷解きの気力もなかった。自宅を出発してから丸一日は経過していた。それでもカーテンを開け、窓の外の空気を取り入れたらばまるで十一月のような寒さ。八月の日本の蒸し暑さから十一月のような冷たい空気には体もびっくりしてしまい、そっと窓を閉めた。ひとまず鞄からパソコンを取り出し、家族に到着したことをメールする。テレビをつけてみたらスロヴェニアのニュースが流れている。加速するように一日が何年も過ぎてしまったように不安になり、恋人にインターネットで電話をかけたら、暑いよ暑いよと言いながら間の抜けた顔でアイスを食べている。さすがに疲れたよ。そう伝えたら、もう二十一世紀なのにヨーロッパは遠いね、新しく早く到着する方法はないだろうか恋人が真剣に考えはじめ、まだ一日しか経っていないことに安堵した。わたしはひどく疲れた顔で、恋人はいつも通りの笑顔で、まずは無事に到着したことを讃え合い、もう眠ろうと、言った。一晩眠ったら実感もわくだろう。はじめてのヨーロッパ、リュブリャナに一週間滞在すること。その翌週は田舎町のプトゥイでの詩祭に参加すること。

顔を洗い、化粧を落として、泥のように眠った。みた夢も覚えていない深い眠りだった。

（「どんと、こい！」一号、二〇一三年七月、ただし改稿した）

作品論・詩人論

ライヴァル

福間健二

書きだすのに時間がかかってしまった。あちこち動いていたせいでもあるが、三角みづ紀のことを書くのは大きな楽しみだからである。時間をかけて楽しみたい原稿はもうひとつあって、一九七〇年代初めに熱中したミュージシャンのひとり、ルー・リードについて書くというものだ。きのうも、懐かしい彼のロックンロールをかけながら、机の上においた三角みづ紀の詩集を眺めていた。

ぼくは『オウバアキル』の栞に「魅惑にみちた苛酷な世界」と書いた。ブルースもロックンロールも最近のヒップホップも「いま」をそういうものとして感じさせる。観察や批評の前にそれがあって感覚に訴えてくる。三角みづ紀は、その朗読が自然にメロディーとリズムをもつ歌になり、バンドでやる音楽活動もはじめた。彼女の詩も、そこにやどる音楽が大切なのだ。そう思って、ライヴのステージの彼女を頭に浮かべながら作品をいくつか読んだ。音楽性。それは解釈という次元ではどうとでも言えるところがあるが、ぼくがきのう三角みづ紀の表現に感じたことを思いっきり感覚的に言ってしまえば、祈りがロックンロールしている、だ。

ぼくが最初に読んだ三角みづ紀の作品は、「優しい神様が絶望を予告なさる／一瞬にして能面は笑顔に変わる」とはじまる「雷鳴」である。二〇〇二年、池井昌樹とともに「現代詩手帖」で新人作品の選者をしたときに送られてきた彼女の最初の作品だ。池井さんはこれを入選にして「この感性は極めてユニーク」と評価したのに、ぼくはなんと佳作にも入れなかった。ただ、「神様」や「能面」以上に「予告なさる」の「なさる」が、特徴ある手書き文字とともに印象深く残った。ぼくの好みからは遠いはずなのに、である。

「雷鳴」のあとも、ぼくは三角作品にかなりきびしかった。入選にした作品にも注文をつけた。「彼女が詩を呪文のようにかかえこんで外に解き放っていないと感じたからだ」と『オウバアキル』の栞には書いた。しつこいくらいに「表現には構成と展開がいるのだ。それが足りない」とくりかえしたのもおぼえている。彼女はぼくの批評を受けとめ、書き方を変化させながら成長してくれた。だから後悔はないが、いまから思えば、第一にぼくは、彼女の言葉づかいのまさに「ユニークな」奇妙な癖にとまどっていた。その音楽をよく聴きとれていなかったのである。

二〇〇三年、三角みづ紀は、ぼくが国立市でやっている詩のワークショップに受講者としてあらわれた。窓の外を見ている後姿を見ただけで彼女だとわかった。そこから彼女の詩の草稿をたくさん読むことになった。横着して『オウバアキル』の栞の拙文から引かせてもらうと、「彼女はどんどん書いて、しっかりと動いていた。文字が印象的な手書きからワープロ文字に変わり、作品のなかに彼女の現実が見えるようになってきた。彼女が詩を書くことで生き抜いている、魅惑にみちた苛酷な世界だ。」

『オウバアキル』の刊行は二〇〇四年。その年もいろんなことが起こっていた。詩では飯島耕一の詩集『アメリカ』が目覚ましい成果だった。彼なりの迷路をくぐりぬけた末の、地声をひびかせる素朴な書き方が功を奏していた。作品のひとつに付されたノートに「幼稚と言えば幼稚な詩的発語だが、猛暑の日の夕方にでも読んでもらえたら幸いである」とあった。そういう発語で第一線に立って勝負できる。その詩作の底にあるものを飯島耕一は「肉的欲望」と呼んだ。つよいなあと思ったし、そのつよさがわかるところまで自分がようやく届いたという感慨も湧いた。

勿体ぶった理屈をこねまわすことよりも大事なことがある。そんなことはだれだってわかっている。必要なのは、実践だ。二十一世紀に入ってからの、この国の多くの詩人たちの仕事を色褪せさせるものが、『アメリカ』の八方破れ的な作品群にはある。つよさだと言った。それは自由さでもある。

ここからはちょっと後知恵であるが、この飯島さんのライヴァルは三角みづ紀だったのではないか。『オウバアキル』のあとがきの、「日本語はとても自由なものだと思います。」というさりげない言い方には挑戦がある。さらに「私にとって、詩は書いた（或いは詩に書かされた）時点で全てノンフィクションに成ります。痛くて泣いて仕舞う時もあります。それでも私は書き続けなければなりません。酸素を吸い込んだら二酸化炭素を吐き出す様に。」とも言う。詩は、どう書いてもいい。しかし書いたことはすべて本当のこととして引き受ける。書くことは生の条件そのものなのだ。そう覚悟を決めている。人生の終盤に視野を絞り込むようにして『アメリカ』へと到達した飯島耕一に負けないもの、あるいは通じあうものが、『オウバアキル』の三角みづ紀にはある。両者とも「幼稚と言えば幼稚な詩的発語」で読む者をノックアウトする。

私を底辺として。
幾人ものおんなが通過していく
たまに立ち止まることもある
輪郭が歪んでいく、
私は腐敗していく。
きれいな空だ
見たこともない青空だ
（「私を底辺として。」）

この「腐敗していく」と「青空」の、ある意味で強引な接続こそ、端的に三角みづ紀の書き方の自由さを示している。まさに祈りがロックンロールしているというものであり、『オウバアキル』の全幅をここに圧縮しているようにも感じられる。もちろん、その前に書きだしの「底辺」と「幾人ものおんな」に驚かなくてはならない。次の詩集『カナシヤル』以降の、自分のことを書きながら巫女的にだれにでもなりうるという「女性」の抱えこみ方が、すでに予告されている。

書かずにいられないので書くが、最初に読んだときも、いまも、「私は／にんげんがすきなのだよ／お前のみえないところから／血を流しているのだよ」（「ソナタ」）や「どこまでも卑屈だ／どこまでも窮屈だ」（「パレードのあと」）、あるいは「確かに私は生きていた／生きているんだ」（「帆をはって」）といった決め台詞が、ぼくは大好きである。

そして、こんど読み返して、もっとも心を打つ作品はやはり最後の「私達はきっと幸福なのだろう」だと思った。たとえば「それでも彼等にカッターを向け／（シネ）／と云った時／の快感」というような表現は、個人的な体験に基づくものだろうが、この時点でわたしたちの社会に対してだれかが書いておかなくてはならないものだったと断言したい。

何度か変奏され、「血が必要だ」からラストの「幸福なのだろう」までのカットバックでダメ押しされる主題は、明確である。不安を始末できないからこその「幸福なのだろう」なのだ。「腐敗していく」と「青空」の衝突に構成と展開をあたえたものだとも言える。この語り手のライヴァルを小説に求めるとしたら、ほぼ同時期に登場した中村文則の『土の中の子供』など、一連の作品の孤児たちだろう。この世界はときに善意こそが一番恐ろしい。そこで付けられた「悪臭」を隠せないことへの絶望から踏みだそうとする態度が、三角作品と共通している。

『カナシヤル』は何十回も読んだ。そうする必要があったのだ。歴程新鋭賞があたえられたときの歴程祭でぼくは話をした。大筋としては、『オウバアキル』の宿命的な「私の物語」がここで「君にむかう物語」になろうとしていると祝福した。カナシヤル。いとおしい。人を恋し、自分と人が生きる世界を求めているのである。

「ひかりの先」も「あまのがわ」も「Dという前提」も「プレゼント」も「しゃくやくの花」も、どれも怖いといえば怖い。でも、文字通り闇を突き抜けて光のなかに出たという感触があった。新藤涼子の『薔薇色のカモメ』が同時期に出た。その「死ぬ練習をしている」という境地に近いものがある。

年齢と経験の差を考えれば、ふしぎかもしれない。しかし、根源的な意味で詩の課題のひとつは死をどうするかである。ぼくは、三角みづ紀をふくむ若い詩人の何人かが死を見つめて書いていることに挑戦を感じるとともに、詩がむしろ一時期の迷妄を抜けてそういうふうに健康になったと考えた。

「えっ？」と思う人もいるだろうが、この健康さへの注釈は略させてもらう。「しゃくやくの花」のリフレイン、「とても死ぬ　きれいね」は、三角みづ紀の初期からの奇妙な癖をもつ日本語だが、言ってみればエミリー・ディキンソンの英語のように健康である。新藤涼子もディキンソンもライヴァルとするような書き方。そこまで言うかと呆れられるかもしれない。でもだれかにそんなことができるとしたら、三角みづ紀しか思いあたらない。

ぼくはちょうど久しぶりに映画を監督できそうだというときだった。『カナシヤル』の詩を使い、「みづき」という名前のヒロインを出す映画の構想が一晩で湧いた。そこから予想もしなかった紆余曲折を経て出来あがったのが『岡山の娘』である。

三角作品をどう使ったかは映画を見てもらうしかない。なかにヒロインを演じた西脇裕美が北川透にインタビューする場面を入れている。「文学をやる上で一番大切なことは?」と問われ、北川さんはこんなふうに答える。

「文学を読んだり、あるいは詩や小説を書いたりするその心が、弱い心でないと、文学はできないんじゃないか。若い作家たち、若い詩人たちからいちばん学ぶところは、弱い心、なんにでも傷つきやすい心、これがぼくに回復するっていうか、維持できれば……」

勝手にしゃべってもらったのだが、この「弱い心、なんにでも傷つきやすい心」はぼくの映画のアピールの核心となったと思う。三角みづ紀にはたっぷりとそれがある。近年、北川さんが書けて書けてしかたないくらいに詩を書きつづけているのも、それがあるからなのだ。『岡山の娘』は、この心をめぐって意外なライヴァルとなりそうな二人のあいだに立って、ぼく自身の「弱い心」に展開と構成を企んだものである。

二〇〇八年に出た『錯覚しなければ』は、どういう詩集だったのだろう。北川透は「現代詩手帖」の年末の鼎談で、この詩集で一番いいなと思ったのは「わたしのつまさきと満開の悲しみ」だと言い、この「つまさき」は抽象的だとする。ぼくはこういう詩がわからない。北川さんの説明もあまりよくわからなかった。他の論者たちの、これまでの「三角みづ紀」からの脱皮を望む言い方も納得しがたかった。一方、ぼくがその才能を信じたい若い望月遊馬が書評を書いて、「過去を過去と自認する落ち着きや、間合い」と「外部へと向けられる視線のひろがり」を認めている。これは親切な読み方になりすぎている気がする。なかなかそんなふうにちゃんとしてくれないのが三角みづ紀ではないか。

　評価は別として、ぼくにつよく残ったのは「満開の母」である。先にあげた作品で「おそらには悲しみが満開だ」というふうに使った「満開」をかぶせて、母というものの遍在性とつよさを示した。それはいいのだが、母親とは「なんと異質なものであるか」「なんと残酷なものであるか」と言うところが弱いと思う。「異質」と「残酷」も、そしてラストの「わたくしはいつか／母になる」も、観念がどうしたという話ではなく、そう出すのが当たり前すぎるのだ。

　しかし、ここまで考えてきたのとはちがう次元のことになるが、母がライヴァルなのである。「女性」のだれもが通過するその劇を事大化している。そのために通俗的になった。

　執着していたにちがいない「世界が終わる時、はじめて夜は明ける」というモティーフ。これをついに彼女の「女性」の内側に重ねられなかったのではないか。

　二〇一〇年の『はこいり』は好きな詩集である。実際の人生では大変なところをくぐった時期。しかし、くぐりぬけたのである。「フレットレス」、イライラしていない。心配しないことに決めた。もう立派そうなことを言う必要がない。そこに「弱い心」の断固とした決意を感じさせる。

逆さまに産まれたわたしたちが
倫理にかなわないことをなさっている　（「逆子」）

　初期の「絶望を予告なさる」神様を思い出させるが、反対のことをやっている。こじつけめくが、『はこいり』の作品群は初期の自分をライヴァルとして書いたという印象だ。

「終焉」の連作のいくつかには、ほんとうに巧いなあと感心する。ある意味で、切り札となる答を握って書いている。高橋新吉が好きだということであるが、むしろ中原中也のように何を書いてもちゃんと「汚れっちまった悲しみ」に出ることができる感じがする。彼女のなかには現代人ばなれした罪の意識が独特にあり、「なにもかもがこわい」のであるが、一方で彼女がいつも言うように「ふしぎに自分に自信がある」。死ぬ。とても死ぬ。生の場面にその感触を埋め込んでいる。言葉は整理されてきたが、希望的観測としては、ロックンロールする祈りは健在である。

これを書いているのは二〇一三年の十二月である。この年、三角みづ紀はヨーロッパに二回行った。遅咲き的に外国がおもしろくなったようだ。そして体調を何度か崩しながらも、ライヴ・パフォーマンスを含む旺盛な活動をつづけている。新藤凉子・河津聖恵との連詩集『悪母島の魔術師』で歴程賞を受け、自分で撮った写真を入れた旅の詩集『隣人のいない部屋』を出した。電子書籍kindleで詩集『夜の分布図』と須藤洋平との往復書簡『世界に投函する』も出した。

人と出会い、人を思いながら、人とつながることを急がない。でも、ここで確かに広い世界が視野に入ってきた。

『隣人のいない部屋』も『夜の分布図』も連作としてのコンセプトをはっきりともつ。そこには「終焉」の連作とはちがう計算がはたらいている。いい意味での、仕事になっている。仕事。人にあたえるものを作ることで自分を支えていると思う。

この秋は、三角みづ紀とよく顔を合わせた。二人だけで煙草を吸いながら話す場面が何度もあった。どちらがどう追いついたのか。ぼくの歳は彼女のちょうど倍になった。倍の時間を生きてもまだ彼女のようには仕事していない自分を意識することがある。その一方で、当然のことだろうが、四十年以上詩を書いてきたぼくの抽き出しからはもう無防備ゆえにつよいアマチュアは出てこない。

つい最近、彼女が「詩が好きで好きでたまらなくて怖くなるほどです」と言うのを聞いて、これだ、これがなくてはいけないのだと思った。ぼくは、若いときにほかでもない吉本隆明の影響で、詩を憎みながら詩を書くのがいいのだと思い込んでいたひとりである。あまりいいことなかったなというのが正直な感想だ。どうするか。これからは三角みづ紀を最大のライヴァルだと思って書いていけばいい。そういう抗いがたい示唆が「見たこともない青空」からひびいている。

（2013.12.12）

生《いのち》の真珠《たま》
——三角みづ紀との出会い

池井昌樹

このような感性のナイーヴは人間の宝です。しかし、ナイーヴとはえてして人を生きてゆく上で思わぬ深手を負わされたりもするものです。人の世という群れは個を暴《あば》き個の芽を根絶することで保たれているからです。その群れから逃げ隠れるのでなく、群れと向き合い、群れを黙らせる筋金入りのナイーヴ——そのためには自己凝視自己省察を更に深めるほかありません。脇目もふらず思索や詩作に縋りつくことではありません。内なる眼を刮《かつ》と見開き、群れに身を投ずること。詩作のための離群やありあまる自由が詩を研《と》ぐことはありません。苦い生《いのち》の刻々を歯嚙みし歩むその背後からのみ詩は襲うのです。

右に挙げた小文は三角みづ紀の詩に初めて触れた私からの、「総評」と名を借りた彼女へのエールである。〇二年、「現代詩手帖」にて福間健二氏とともに新人作品選考を担当していたときのことだ。やっと会えたね、という思いは生涯それほど味わえない。私の場合は谷内六郎や賢治や朔太郎との出会い、そして性の芽生えがそうだった。それは個が普遍へ解き放たれる無上の旅のとばぐちだった。その思いが、それからほぼ四十年後の五十歳になってまたもや訪れるとは思ってもみなかった。三角みづ紀の詩との出会いだった。

殆《ほとん》どがワープロで打たれた投稿作の中、三角は原稿用紙に手書きだった。何やらヒリヒリ尖《とんが》ったその癖字がジロリと横目で私を見た。否《いや》、書体などでなくその発語が他の投稿詩と明らかな一線を画し、詩の否応《いやおう》なさを余すところなく伝えてきたのだ。やっと会えたね。しかし、強烈なその印象とは私だけが感受した印象に違いなく、現在の現代詩にこのような剛速球《ストレート》な「うちあけ」は決して受け容れられまいという密かな確信もあった。その手書きの投稿詩「八月十五日」はやがて第一詩集『オウバアキル』に収録される。

投じられた知らせ
酒と安定剤での彼女の自殺
私は
無感動
明け方に人として産まれたことに泣く
七夕飾りが風に揺れ
教会にて舞う白布
舞う白布と漂う聖歌
そういえば黙禱の鐘は鳴らなかった
カメラのレンズは壊れたままだった
薬が効くまでの私には
お願いだから誰も話しかけないで
（加われなかった着物の参列を想うそしてそれを浮腫
の所為にする）
それだのに私は未だ
焼け跡で子供達にまじり
ばらまかれるチョコレイトを欲しているのだ

この原稿の末尾には、やはりヒリヒリ尖った癖字で作者の住所と電話番号が、そして「二十一歳　学生」と記されてあった。鹿児島という日本の一地域で、こんな険しく哀しい思いを胸一杯に、懸命に生き、書き、遂げようとする「二十一歳」が居る。その癖字が頻りにSOSを発している。私の中で三角という詩魂が退っ引きならないものと化した瞬間だった。私はこの作品を第一席に推し、次のように選評した。

三角さんの詩は飽くまで己のためにのみ刻されるもの。祈りも呪いもそこから一歩も出ることはありません。ただそれだけならよくある投稿作に過ぎません。外の声に耳を塞ぎ続けるなら投稿の意味がありません。しかし、三角さんの詩にはもうひとつ重要な特徴があります。他者の痛みと深く繋がっているのです。殊に最終三行には闇に潜む研ぎ澄まされた魂の歎きを想いました。自らの最深部に棲む神様への渾身のうちあけは、他者の最深部に微睡《まどろ》む神様をも呼び覚ますのですね。

そしてまた翌月の投稿作「欲望レイン」（詩集未収録）の選評ではこう書いた。

この発語の否応なさ、必然から生じるリアリティはやはり無類です。書くことが三角さんの全身全霊を支えているのです。たとえば私たちの愛する画家谷内六郎もまたそのような人間でした。生来の持病である小児喘息の絶え間ない発作と戦いつつ懸命に現実へ再起しようとするその直中《ただなか》から迸《ほとばし》った多くの絵は、今もなお私たちの心を撃ち続けます。谷内六郎がもしも健康と環境に恵まれ、ただただ作画に淫するだけの人生を歩んでいたとすれば、このような画業を成し遂げることはなかった、私はそう信じています。

現在の現代詩には受け容れられまいという私の確信とは裏腹に、三角は翌年現代詩手帖賞を受賞した。心の奥処に灯が点った。私は現代詩を見損なっていたようだ。

そして私の予感通り三角は上京し、やがて私の働く本屋に姿を現した。勿論初対面だったが直ぐに判った。オーラがあった。三角の証言によれば、背中を向けて働いていた私は名前を呼ばれ振り返るや、自己紹介もないままに、なんだ、三角じゃないか、と告げたそうである。どうしてわかるんだろう、と三角は不信に思ったらしいが、その三角だって従業員男性たちの中から初見の私の背中を見付けてくれたではないか。三角は持病の薬の副作用もあってか何処か具合悪そうだった。そんな体で懸命に私を探し、訪ねてき、此処で、働かせては頂けませんでしょうか、と乞うた。私は諾《うべな》わなかった。

その後の三角の詩的活躍振りは目覚ましいものだった。三角は単身、異郷東京で生き、書き始めたのだ。三角を想えば心の奥処に灯が点った。とはいえ勿論のこと三角と私は愛人でも兄妹でもイトコでもハトコでもなく、詩だけを介して深く恃《たの》みあう変な老若であるにすぎないのだが、年に一度か二年に一度くらい偶々出会うきりのその都度私はほんとうにホッとする。抱きしめたくさえなる。三角のほうではどうなのだろう。やっと会えたね、という気持ちが心底するのだ。それはたとえば生前の父が未生の娘と漸く再会を遂げた思い、とでも言うか。ならばこそ、同じ屋根の下で同じ釜の飯をといった現世的苦楽を共にするなどもってのほか。遠く隔たれば隔たるほど詩は近付くのだ。

　何もかもすべては三角の詩に初めて触れた日から解っていたことだ。人を千人殺してんや、とでも言わんばかりな当時の三角の詩には殺気があった。良い加減な感想には容赦しないぞ、という。まるで私の初期の詩のように。だから私も容赦しなかった。随分ひどいことも言ったと思うし、心痛める日々もあったと思う。しかし、偽りは言わなかった。何故なら既にその頃から三角の詩は私の塊の巨きな支えであったからだ。これほどの痛みを、これほどの辿々しさが、これほどまで懸命に支え上げている詩が何処に在ろう。賢治以来の衝撃だった。

　三角の詩をだから現代詩と呼ぶべきではないのだ。その動機が明らかに現代詩の試みと異なっているからだ。何の下敷きもない、何ひとつ繋がりを持たない、三角の詩は、人間《ヒト》の生《いのち》の最深部から噴出する源初の祈り――マグマだ。しかし、それこそが私（たち）の心底待ち希んだ〈詩〉というものではなかったか。詩の表現は素朴なれ、詩のにほいは芳純でありたい。朔太郎がほぼ百年前に『月に吠える』の自序でそう記したが、素朴とは裏腹に表現ばかりを血眼になってほじくりかえしねじまげ続け、何時しか詩のにほいを失ってしまった戦後詩、そして現代詩の輝かしい系譜とやらに三角の詩を加えるわけにはゆかないのだ。このひとは、随分遠くからやってきたのだから。

　古代の詩、中世の詩、江戸期の詩、新体詩、近代詩、口語自由詩、戦後詩、現代詩、震後詩といった様々な人為からなる意匠の中で様々な花形詩人が輩出され持て囃され跡形もなくなった。しかし、そのような時代毎の利害を超えて、詩のにほいだけは密かに貫流し続けているのではないか。そうだ。太古から今此処に至るまでだ。愛別離苦の人間《ヒト》の世に、それは人間として是が非でもなくてはならぬもの――生《いのち》の真珠《たま》ではなかったか。時代に棹差し胡座《あぐら》かき、時代と乖離《かいり》しふんぞりかえる特権でなく、累々たる名もない詩のにほいの普遍にこそ三角を加えるべきなのだ。

　三角と偶に出会う度、心底ホッとする。三角の詩もまた同様に。徒手空拳で上京し、病身で、郷里の御両親の御心労もさぞやだろうが、三角みづ紀よ、こんな異郷で、これほど辛酸を嘗められて、ほんとうに、良かったね。十年一刻《ひととき》の思いだろうが、それで良いのだ。惑いながら苦しみながら、しかし揚々と生き、書き、歩む三角の存在は私（たち）を心底ホッとさせるのだ。やっと会えたね。それは太古から今此処まで、人間《ヒト》という険しく哀しい道程《みちのり》の中で詩のにほいを密かに恃み続ける魂の、またとない深いうなずきなのだ。

　処で、この稿を起こすに当たり何やら不思議な胸騒ぎを覚え、家の押し入れを引っくり返した。在った。冒頭に挙げた三角の投稿詩「八月十五日」の肉筆稿だ。一昨年の引越しの折り随分色々処分したが、三角の癖字はこんなところへまで随いてきてくれていたのだった。三角みづ紀、二十一歳、学生。あれから十年……まるで一刻だな、独り言つ私を、その癖字が横目でジロリと見た。

（2013.10.30）

スロヴェニア作用

管啓次郎

　三角みづ紀について書こうと思うのだが、はたして彼女の詩について書くことを求められているのかそれとも彼女という人物について書くことを求められているのかがわからなかった。だが彼女の詩あるいは人物に少しでもふれたことがある人ならすぐわかる通り、両者を切り離して考えることが無意味であるような詩人たちの一群に彼女が属していることは確実で、彼女の詩がまぎれもなく彼女の詩であるその〈個〉性を支えている大きな部分は彼女の人物から来ていて、逆に彼女の人としての〈個〉性を成り立たせる理由の大きな部分は言葉とのあいだに彼女が彼女のような関係をむすんでいることにあった。つまりそれは〈詩人〉という自己規定がそのまま自己形成と自己提示にすでに分ちがたく組み込まれているためで、最初の詩集『オウバアキル』を出したのが二〇〇四年ならすでに彼女は十年近く、詩人として生きてきたわけだ。

その生き方はゆるぎない。たぶん、最初の詩集を出すよりはるかに以前の少女時代から、彼女は詩人だったのかもしれない。教室の片隅でノートの白いページに独特な筆跡で書きつけた言葉がすでに彼女にとっての詩のはじまりで、それをあらゆる権威や圧力にさからって「読んでごらん、これがわたしの詩です」と差し出すときの確信の強さは他のどんな詩人たちにも負けず強かった。それは人が詩人としてはじまり詩人でありつづけてゆくにあたってもっとも必要な資質だが、もちろん本人にとってはその確信はことさら意識に上ることもない当たり前のことなのだ。だってそれ以外に、生きようがなかったのだから。生きるための努力と詩を書くことがこれくらい一致している人は、詩人という部族の中にも、そういるものではない。

といってもじつはぼくは、三角みづ紀の人生がたどってきた経路も、そこに刻まれた条件や事件も、ほとんど何も知らないのだ。ぼくにとって彼女は二〇一一年秋の静岡で突然存在しはじめた詩人であり人なのだった。「しずおか連詩の会」という共同制作に一緒に参加したのがそのきっかけで、そのとき数日を過ごし口数少なく言葉を交わすうちに彼女の存在が急激にはっきりしてきた。いい声をしていると思った。話し声が小さくて聴きとれないことがしばしばあったが、それはたぶん、ぼくもおなじ。あまり口数が多いほうではないのもおなじだが、彼女が煙草をよく吸うのに対してぼくはまったく吸わない。彼女の声のよさはこれまでに発表された何枚かのCDでも聴くことができるが、録音された音はやはりライヴ・パフォーマンスがもつ衝撃にはかなわないだろう。彼女が朗読するときの声のよさは、翌夏のスロヴェニアでも体験することができた。それについては後でまたふれる。

ここであらかじめ結論を記すなら、二〇一二年夏以後の彼女は驚くほど急激な変貌を遂げつつある。それは詩的態度の変更であるのみならず、生き方の大きな岐路をここで越えたとはっきりさししめすことができるほどの変化なのだが、詩人について語るかぎりはその変化をほんとうに教えてくれるのは作品だけ。今回、彼女の初期の詩集に収められた作品を通読してみて、ぼくが出会った三角みづ紀がこれまでにどんな詩を書いていたかを知り、その直接の背景としてどのような人生を生きてきたのかもおぼろげにわかってきた。

詩人としての彼女の資質に疑いの余地はない。The natural という呼び方をしたくなる数少ない詩人のひとりだ。だがその作品を詩集として読めば明らかなとおり、個々の作品は独立しているというよりはるかに流れの中にあり、背後にある大きなコンテクストは彼女の現実の人生以外ではないといっていいだろう。どんな主題がくりかえし語られるか、その反復がその時期（まで）の彼女の生活と心の履歴をうかがわせる。主要登場人物は〈わたし〉〈おとこ〉〈おかあさん〉の三人。いや、私も男も母親もそれぞれひとりとは限らないわけだし、それらが現実の彼女や彼女の恋人や夫や母親とどこまで重なるか重ならないかは本質的に意味のないことなのだが、いずれにせよ浮かび上がってくるそれらの形象としての人物たちがくりかえし、くりかえし演ずる劇が、彼女の初期詩集を日常生活のタペストリーとして織り上げている。その意味で、彼女はごく私的な詩人だ。

いじめがあったのか、反撃があったのか、自傷行為があったのか、男との波乱にみちた関係があったのか、病気があったのか、母への強い愛着があったのか。そうしたすべてはある時期の生身の作者にとってはたぶんもっとも切実な問題であり主題だったにちがいないが、現在という時点から見ると、多くが過去の話に思える。愛の強さ、情動の極端な動き、出来事に翻弄されやすい性格、傷つきやすさ、傷つけやすさ。別に詩人でなくても多くの人が共有する、こうした性向から生まれた詩行がもつ魅力は、いま人生のそうしたフェーズを通過しつつある読者にはなぐさめにも励ましにもなるだろう。だが作者にとっては？　それらがすでに過ぎた段階の記録であることを、現在では、三角みづ紀自身がはっきりと認めるはずだ。なぜなら、彼女の人生はすでに別の高原に達している。そしてかつてなかった晴朗さを、彼女は手に入れた。詩を書きはじめたこと自体が彼女の人生の「快晴の過程」の最初のステップだったとしたら（「先生、私ひなたぼっこができるようになりました」）、その快晴自体がより大きな晴朗さへと成長したことが、いまでははっきり感じられる。複数の詩集の制作を通過することが、ほんの数年間で彼女を大きくした。詩を書くことが、彼女に本質的な健康をもたらすのだ。

初期の詩集で不意に現れては消える母との強い愛憎は、たとえばカリブ海の小説家ジャメイカ・キンケイドが抱えていたそれに匹敵するほど激しいものだったように思われるが、それは小説家が書くように明示的に書かれてはいない。それでもこの詩人と小説家に共通するのは、それぞれの生身の母親以上に〈母親＝女〉がはたす役割、つまりは母親が母親になる性交から妊娠から出産にいたる過程を、自分もまた反復し自分がやがて母親にとって代わることへの強い魅惑と恐れだ。それと並行するように体の機能、とりわけ体液や血といった〈濡れた〉要素への、嫌悪とはいわないまでも抵抗感や強迫観念が前景化されてくる。それで三角みづ紀の場合には、乾くことを求め、さっぱりと乾いたものに憧れることにもなる。

彼女の母親への呼びかけ。

お母さん、
あなたは
何色の船に乗るのか

お母さん、
あなたが隠した
ヒントはいまでも
島に埋まっている
ことを
知っていますか

（「あまのがわ」）

そして彼女の、母親への宣言と詰問。

お母さん。
いまから私たちにんげんはあなたの胎内に帰ります
（中略）
私たちを受け入れてください
そして約束してください
もう二度と私たちを産まない、と

これ以上死にたくないのです
聞こえているの？

（「回帰線」）

母への愛憎の背後にあるのは出産と死の本質的な同一性であり、それはさらに死による再生への希望として何度となく変奏される。改めていう必要があるだろうか。私たちの生はつねに臨終している。それはまたつねに〈臨生〉（ハイデガー研究者・古東哲明の用語）していることでもあって、われわれの生とは不断の消滅と生成を同時に体験しつづけることだ。この時期の三角みづ紀の言葉はつねに死の想念に裏打ちされているが、現実の彼女がどれほどの苦しみを抱えこんでいようとも（その内実と範囲は結局読者であるわれわれにはわからない）、死が詩の言葉として語られれば語られるほど、詩人その人はそのつどいっそう臨終し臨生し、いっそう健康になるのだ。

そうして
ひとつの思考に戻る

わたしがこときれる
正しく食べられる

（「3センチ、氷が」）

晴天は一気に訪れるわけではないけれど、自分が人間ではないかもしれないこと、すでに死んでいるのかもしれないこと、それどころか存在すらしないかもしれないことといった、ある傾向をもつ古今東西の多くの詩人たちが抱いてきたはずの共通の疑念に正面からとりくむことが、彼女の詩をまるで死の湖面で何度も跳ねる水切りの石のように踊るもの、生命を帯びたものにする。

そしてあるとき、彼女の想像力は〈母親〉との和解にむかう。

「満開の母」には、こう書かれている。

母親とはなんと異質なものであるか
母親とはなんと残酷なものであるか

わたくしはいつか
母になる

さらに「真昼に泣く」は、こう書く。

堕胎された子、死産だった子、虐待をうけた子
みんなみんな
真昼に集まれ!

泣き声はあいかわらず痛みにみちているけれど、こんなかけ声をもってみずからの泣き声を対象化して記すとき、作者自身はすでに大きな生命力と詩が拓く共同性の側に立っている。

まだ出会わぬ者を
あいすることが
できることが
私たちにおける
たったひとつの
武器

(「裸眼」)

傍目にも切ないほどに「生きたい」という気持ちが高まるとき、そして無垢な生命という炎への信頼が極点に達するとき、彼女の詩はすでに乾燥した洗濯物の清潔な強さを、みずからも知らないうちに獲得するのだ。

その
衣類がからからに
かわいているさまに
たちうち
できないことが
たしかにあった

(「追伸」)

初期の彼女の詩集のいくつかをこうして通読してみて、今後につながってゆく糸口を提供していると思えるふたつのモーメントに気づいた。ひとつは「プレゼント」に不意に出てくる「足首が見つからん」「足首をつけよった」といった訛りの使用。家系の故郷を、島を、彼女はまだまだこれから探求することだろう。そしてもうひとつは「秋」の末尾の二行がしめす方向性だ。

けもの道を
めくらの鹿がはしっていく

ここでもまだ「もしかしたらしんでいるのかもしれない」と「わたしたち」の存在に根本的な疑いを抱く彼女は、じつはこのように記したとしてもまだこの獣道にもこの鹿にも出会ってはいないのだ。けれどもこの二行には予言としての強さがある。鹿のような大型哺乳動物の突然の登場はよくよくのことで、それをけっして軽々しく扱ってはならない。この二行を予言として成就させることが、つまりは鹿たちのテリトリーを、野生の土地を、自分自身ほんとうに歩くことが、今後の三角みづ紀にとっての大きな課題のひとつとなるだろう。人間の世界は、ヒトだけで完結するものではなく、それはつねに全方位から押し寄せてくるケモノたちの力につらぬかれているのだから。

話を二〇一二年に戻そう。この年から、三角みづ紀の人生と詩人としての創作はまったく新しい段階に達し、大きな変貌がはじまったのだと、ぼくは想像している。この夏、彼女はスロヴェニアの田舎町プトゥイで開催された「詩と葡萄酒の祭り」に招待され、スロヴェニア詩人との相互翻訳のワークショップ、ついで大がかりな国際的詩祭での朗読を経験した。そのパフォーマンスは福間健二、野村喜和夫、和合亮一とぼくが目撃した。いい声だった。いい情感が観客にも直接に伝わるのがわかった。

特筆すべきは、その詩祭に先だって、彼女が初めての本格的なひとり旅を果たしたこと。言葉も勝手も地理もわからない国で、重いスーツケースを犬のように連れ鉄道やバスを乗り継いでその街に現れた彼女は、突如として旅する詩人になっていた。本書に収録された作品ではもっとも最近の連作である「終焉」の「#30」に、「キラウエアの火口」という具体的な地名が出てくるのにオヤっと思った人もいるだろう。それは彼女の昔の詩で「ヒューストン」が地名としてではなく使われたり、「東新宿」が駅名としてつかのま明滅したりするのとは、まったくちがった話だ。そして断言してもいいが、このように具体的な地点に触発された詩は、これからの三角みづ紀において飛躍的に増えていくことになるだろう。

すでに二〇一三年秋に発表された第五詩集『隣人のいない部屋』が、旅の詩集として制作されている。ヨーロッパの二十八日間の旅を通じて毎日書かれた二十八篇からなる一冊だ。そこに旅は描かれているか？　もちろん、だがそれはあからさまなあり方によってではないかもしれない。旅とはつねに人を全面的に巻き込むもので、人の意識も無意識も全面的に攪拌されるため、連想はいつにも増して飛躍する。小さな手がかりは、家にいるときにはありえないかたちで、豆が発芽し育つようにぐんぐん伸びてゆく。『隣人のいない部屋』に収められたのはやはりまぎれもなく旅の詩篇ばかりであり、速度と軽みと新鮮な視覚がそれを証言している。

そしてこのような彼女の新しいスタイルのすべてが、その前年のスロヴェニアの旅で芽吹いたことには、改めて目をみはるしかない。詩は意識の変性に起点をもち、感覚の攪乱を方法論として、言語表現を新鮮な不意打ちにする。そのプロセスには、旅における世界の発見および変容と、深く通じ合うものがある。旅（とりわけ外国旅行）における方向喪失、そして、通じない言葉との絶えざる直面。その通じなさを越えて、突発的に生じるコミュニケーションの不思議。そんな旅の基本要素をたぶん三角みづ紀はスロヴェニアで初めて経験し、その経験が彼女を罠にかけ、彼女を急激にさらなる旅へと駆り立てることになった。ラテン、ゲルマン、スラヴのすべての文化要素が衝突するスロヴェニアは、その国名に「愛」love がある。そのことに覚醒した彼女は、すべての異邦と旅への愛に突如として、激しく目覚め、この目覚めは巨大な海洋の渦のような速度で彼女の心を、詩の母胎を、回転させつつある。

それをいまは「スロヴェニア作用」と呼んでおこう。二〇一四年四月で三十三歳を迎える三角みづ紀は、これまでになかった規模の変貌を今後の一、二年で遂げるはずだ。彼女はたぶんハワイ諸島について書くだろう、スロヴェニアについても新たに書くだろう。その先は？　世界そのものと等しい大きさのつねに新しい未知の世界が、可能性として彼女を待っている。


（2014.1.8）

三角みづ紀という隣人

野口あや子

三角さんをはじめて目撃したのは名古屋鶴舞のライブハウス、K・Dハポンだ。ライブでの朗読「夏日」を聴いて、自主製作CD『かいかぶる』を買い、なぜか持参していた自分の歌集『くびすじの欠片』をその場で謹呈し、その流れで三角さんが第二詩集『カナシヤル』をくれて、強制的な物々交換になってしまったと記憶している。よくもまあ初対面でふてぶてしい申し出をしたなと我ながら呆れる。それに、それだけのお願いをしたのだから当時の朗読のことを覚えているはずだと思って記憶をたどっても、さっぱり思い出せない。思い出せるのはライブが終わったあと、真っ黒のガウン風のコートとワンピースを着た三角さんが、低い机に前かがみになりながらカレーを食べている姿だ。髪も今とおなじ真っ黒で、薄暗いライブハウスのなかでもコートの毛羽立ちや艶、髪の手触りまでくっきり浮き上がるような黒色だった。ただただ、くっきりとしていた。ああ、ようやく知り合うべき知り合いに出会えた、と思った。

わたしのおなかには
赤ちゃんがいます
赤ちゃんがいるのに
誰も信じないのです
せんせいも
きみはにんしんなぞ
していないと
いうのです
でもわたしのおなかには
赤ちゃんがいるのです

五月某日。
夏日である、世界は狂っていると思われる、私は世界を元通りにする術を考える、アスファルトに陽炎、迷子が私の書斎にまで入ってくる、名前はまだない、迷子が夏日に蕩けていく、そんな夏日に、私は捻り出す、

このよのなかのひとがみな泣き虫ならばすべてがまる
くおさまるのだ。
（「夏日」）

五月某日。夏日である、世界は狂っていると思われる、私は世界を元通りにする術を考える。私はもらった『カナシヤル』から朗読された「夏日」のページをめくり、当時流行していたSNS、mixiのページに全文引用した。これは三角さんだけの話じゃないから。そう、当時の三角さんには「これは三角みづ紀の作品だけど、三角みづ紀だけの話じゃないんだ」と思わせる、抜き差しならない感じがあった。三角さんのことでもあり、私のことでもある。そういう空気を嗅いで、作品の話を、お互いの話をしたかったのだと思う。

この髪はきょうも
つややかにひかる
てざわりでわかる
そのくらいわかる
砂糖がざねりざねりする

ほつれた裾を
結わう髪にまきこみ
まくりあげ
ぜんぶ君にみせてやる
つつみかくさずみせてやる
（「綻び」）

三角みづ紀の物語は、だれのことでもある。おとことの恋愛、母との葛藤、傷付きやすくて大胆な精神世界。姉、義理の兄、父といった家族に、アパートの一室や喫茶店、駅前、花火大会、庭といった場面設定。ナイーブで切実で、人にほれ込み、繊細で大胆、話されることばは印象深く明快。街中であなたは三角みづ紀的な経験をしたことがありますか、とアンケートをとれば、大半が「ある」と答えるだろう。人は誰でも、三角みづ紀になる可能性がある。

誰も少女を殺せなかった
故、皆が少女を殺したのだ

（「マッチ売りの少女、その後」）

それでも、皆が三角みづ紀になれるわけではないだろうと思うのは、その反転力だ。精神的な風景や、おとこ、母、家族を語る次の行から、遠い戦地のこと、餓鬼のこと、マッチ売りの少女のことが繰り出される。それらの二つの世界の書き方を、「ものごとを相対的にとらえて、バランスを持って書いている」と理解するのは少し的外れだろう。現実が戦地や地獄になり得るという、第三の世界の可能性を見透しながら、現実にトレースしているとでも言えばいいのだろうか。現実の出来事から透けて見えてくる第三の物語を摑む、それが単なる「ナイーブな書き方」とは一線を画していると感じる。経験していないであろう他者の世界を自分の問題として、「三角みづ紀だけの話じゃなく」トレースするスタイルは一貫していて、骨太と言える。

これは、生きてるの？
息をしてるの？
こころ、があるの？
お腹はすくの？
どこが痛むの？
本当に、生きてるの？

（「六月灯」）

今、マイナビブログ「日々が紙から飛びだして」での三角さんとの連詩歌「気管支たち」の連載分を書き終えたところだ。「気管支たち」とは三角さんがつけたタイトルだが、まさしく、三角さんの作品は気管支的といえる。悲痛さの表現方法は涙や叫びといった目に見える均質なものではなく、掠れ・どもり・拍の不可思議さ・嗄れ・濡れといった気管支、呼吸のリズムからの表現をとる。言語の倫理や理屈より、体感の倫理、つまり呼吸を信じた書き方。呼吸の倫理が彼女の言語のベースにあるから、一見簡素に思える言葉でも、体温を持って人の身体に染み込んでくるのだろう

私事で恐縮だが、おととしの春、生活的にも精神的にもとても苦しい状況にあった。誤解も受けたし、自分を見失っていたし、悪意にも苛まれた。「おとこ」も

「母」も「家族」もじゅうぶんにふりまわしたし、傷つけた。申し訳ないと思っていたが、そうするしかないことも、当時から知っていた。

あなたはどうしてつめをきらないの
こいびとのせなかにあとをつけたいのです（「運動会」）

家族によるとその頃よく寝言で「みづ紀」と言っていたそうである。

三角みづ紀は作家名だが、呪文でもあるのだろう。夜中にMISUMIMIZUKIと唱える時、「お前は誠実に生きているか、本気で書いているか、ずるはしていないか、故意に人を傷つけていないか」、と「MISUMIMIZUKI」は心に質してくる。

大きな目と繊細な力で、全部を見透かしている感じ。睫毛のほんのさざめきで、真実がばらされていく感じ。あなたの目がきれいになるほど、世の中のずるのずるっぷりが明らかになって、こちらが不利だ。だから、こちらも絶対手を抜きたくないし、ずるをしていい思いをしても、結局見透かされているから、ずるはしたくないし、これからも全部見透かしていてください。

花を活けるときには
くきをななめに切りなさい
枝を切るときには
断絶なさい
むやみに
花なんて咲かせてたまるか（「百舌」）

むやみに花なんか咲かせてたまるか。

世界の傷つきやすい魂のほとんどが三角みづ紀になり得たけれど、詩人・三角みづ紀になれたのは三角さんだけです。隣人が三角みづ紀になり得たかもしれない可能性を楽しんで、ご活躍ください。これからもよろしくお願いいたします。

（2014.4.25）

現代詩文庫 206 三角みづ紀詩集

発行日・二〇一四年八月二十五日

著 者・三角みづ紀

発行者・小田啓之

発行所・株式会社思潮社

〒162-0842 東京都新宿区市谷砂土原町三―十五

電話〇三（三二六七）八一五三（営業）八一四一（編集）八一四二（FAX）

印刷所・三報社印刷株式会社

製本所・三報社印刷株式会社

用 紙・王子エフテックス株式会社

ISBN978-4-7837-0983-1 C0392